estaba convencida de que Murat se iba a la cama

[...]atrin se quedó pensando entonces en el exótico y
[...]ctivo sultán que había cambiado por completo su
[...]. Nunca había tenido la intención de convertirse en
[...] mantenida ni había sido su sueño vivir en ese ático
[...]lujoso, pero así eran como habían resultado las co-
[...] Tampoco había soñado con tener una relación con
[...] hombre tan carismático y poderoso, un hombre que
[...] había nacido para seguir las normas, sino para rom-
[...]las a su antojo. El problema era precisamente que
[...]a había roto la norma más peligrosa de todas y no sa-
[...] lo que iba a hacer al respecto.
[...] Cuando Murat regresara de Qurhah, la tomaría en sus
[...]azos y sabía que ella se olvidaría de todas sus dudas en
[...]anto la besara. Tenía el poder de bloquear así todo lo
[...]más, pero no sabía durante cuánto tiempo iba a poder
[...]guir viviendo de esa manera. Cada vez tenía más du-
[...], pero había algo que sabía con certeza. Había hecho
[...]que había jurado no hacer, se había enamorado de él.
[...] Amaba a Murat.
[...] Creía que era lo peor que le podía pasar.
[...] Se acercó a la ventana y se distrajo mirando las vis-
[...] No terminaba de entender cómo le había podido su-
[...]r algo así, especialmente a alguien como ella, que
[...]pre había afirmado, por activa y por pasiva, que no
[...] en el amor. Y no lo hacía porque no sabía lo que
[...]nunca lo había sabido. Hasta ese momento.
[...]o entendía cómo había ocurrido, pero era como si
[...] hubiera cambiado de repente dentro de ella y su
[...]ón se acelerara cada vez que pensaba en él. Sabía
[...]o era lógico amar a un hombre que nunca estaba
[...]o lo necesitaba y que no le había ofrecido nada
[...]ue noches de pasión y bonitos regalos.

Sharon Kendrick
Seducida por el sultán

D1416234

Editado por HARLEQUIN IBÉRICA, S.A.
Núñez de Balboa, 56
28001 Madrid

I.S.B.N.: 978-84-687-5526-7
Depósito legal: M-30880-2014
Editor responsable: Luis Pugni
Impresión en CPI (Barcelona)
Fecha impresion para Argentina: 27.7.15
Distribuidor exclusivo para España: LOGISTA
Distribuidor para México: CODIPLYRSA
Distribuidores para Argentina: Interior, DGP, S.A. Alvarado 2118.
Cap. Fed./Buenos Aires y Gran Buenos Aires, VACCARO HNOS.

Ca

N O ERES más que la mujerzuela d
nario!
Las palabras seguían ardiendo en
Catrin no se veía capaz de olvidarlas por mu
intentara. Eran palabras llenas de odio y n
dolorosas cuando había sido su propia madr
las había dicho.

–¿Qué crees que hace cuando está de viaj
bía preguntado Ursula Thomas–. ¿Piensas ac
va a la cama temprano para poder leer un ra
que lo hace solo? No te engañes.

Catrin había tenido que escuchar cómo
decía esas cosas como siempre, medio borra
trando las palabras. Aun así, no había podic
tir cada vez más inseguridad.

Tenía que admitir que sus acusacione
seguido afectarle más de lo que habría c
que por eso había reaccionado a la defen
clavado con fuerza las uñas en las palma
en vez de decirle a su madre que nada de
suyo. Había intentado justificar su situac
bía que era inútil hacerlo. Sabía que al
solo parecían capaces de ver el lado os
de la vida y, por desgracia, su madre

A pesar de todo lo que le había dic
era ninguna mujerzuela.

Pero empezaba a darse cuenta de que el amor no tenía nada que ver con la lógica. Era una fuerza que arrastraba a las personas, lo desearan o no. Comenzaba a entender que el amor era peligroso y, para colmo de males, un sentimiento completamente inútil en su situación. Lo único que el sultán le había prometido era que nunca iba a tener algo serio con ella.

Se fijó en las copas de los árboles en la distancia y en cómo se movían delicadamente las hojas con la suave brisa de verano. A veces le resultaba difícil recordar que ese piso estaba en el centro de Londres, tenía unas vistas tan maravillosas desde los ventanales, que se sentía como si estuviera en medio del campo. Y también le costaba acostumbrarse al hecho de que la elegante mujer que le devolvía la mirada desde el espejo cada mañana fuera de verdad ella misma, Catrin Thomas, una sencilla joven de un pequeño pueblo que se había entregado por completo al autocrático rey del desierto de Qurhah.

Ya había desaparecido la desordenada maraña de rizos que siempre había tenido. En su lugar, lucía una melena ondulada y tan brillante que alguien le había sugerido una vez en una tienda que se dedicara a hacer anuncios de champú. Ya no se vestía con la ropa barata que solía comprarse con su modesto salario ni elegía su maquillaje en el supermercado más cercano.

Su aspecto había cambiado mucho y parecía una mujer sofisticada y con dinero. Después de todo, era la amante de un hombre rico.

Su teléfono sonó en ese instante y Catrin se apresuró a contestar en cuanto vio el nombre de Murat en la pantalla. Sabía que el sultán odiaba que lo hicieran esperar. Era algo que había aceptado, como había hecho con muchas otras cosas. Después de todo, Murat era un sultán y un rey, gobernaba una vasta y próspera región del desierto. No estaba acostumbrado a que nadie lo hiciera esperar. Su tiempo, como ella sabía demasiado bien, era un bien muy valioso.

—¿Diga? —contestó casi sin aliento.

Sabía que la llamaba ya desde su jet privado y que pronto aterrizaría en el pequeño campo de aviación que había a las afueras de Londres. Y ella aún no estaba lista para recibirlo.

—¿Cat? ¿Eres tú?

Contuvo emocionada la respiración. Su voz profunda y con algo de acento siempre conseguía tener el mismo efecto en ella. No podía evitar que se le hiciera un nudo en el estómago y se estremecía ya de placer al pensar que iba a estar con él muy pronto. Y, cada vez más, sentía que también su corazón le latía con más fuerza. Ya no eran solo amantes, eran algo más, al menos para ella. Pero ese detalle era algo que se esforzaba por ocultar. Creía que el amor no era más que un estúpido inconveniente en su situación.

—Por supuesto que soy yo —respondió ella en voz baja—. ¿Quién más podría ser?

—No lo sé, me pareció que tu voz sonaba distinta —le dijo Murat—. Por un momento pensé que a lo mejor te habías ido y me habías dejado.

Le hablaba con el mismo tono de voz que le solía dedicar cuando llevaban mucho tiempo sin verse. Murat llevaba un mes sin ir a Inglaterra, nunca habían pasado tanto tiempo separados y ella lo había echado mucho de menos.

—Creo que los dos tenemos muy claro que no tengo intención de irme a ninguna parte —le dijo ella tratando de ocultar que su voz temblaba de emoción.

—Me alegra oírlo.

Pero algo en su voz hizo que se quedara sin aliento y no pudo evitar sentir cierta aprensión. Frunció el ceño.

–Suenas algo... Algo cansado, Murat.

–Lo estoy –repuso él–. O, mejor dicho, lo estaba. Pero ahora de repente me he llenado de energía al darme cuenta de que estoy a punto de volver a verte, mi preciosa Cat. He echado de menos tus hermosos ojos verdes y estoy deseando estar contigo.

Se estremeció de nuevo al sentir el deseo en su voz. Deseaba que estuviera a su lado en ese instante, besándola y haciendo que desaparecieran todas sus dudas.

–Yo también –susurró ella.

–¿Qué es lo que has estado haciendo para que hables como si te faltara el aliento?

Tenía las palabras en la punta de la lengua, pero no podía decírselo, aunque una parte de ella se preguntaba cómo reaccionaría Murat si ella le contara la verdad, si le dijera que estaba aún tratando de superar el hecho de que su madre la hubiera acusado de no ser más que una mujerzuela y que no debía fiarse de un hombre como Murat.

Pero ella había decidido desde hacía ya mucho tiempo que no tenía sentido luchar contra las cosas que no se podían cambiar. Estaba tratando de vivir el momento y de disfrutar con lo que tenía, en lugar de obsesionarse con lo que le faltaba o lo que nunca iba a poder tener. Era esa una lección que había tenido que aprender a edad muy temprana. Su propia infancia le había enseñado que no tenía sentido vivir de otra manera.

–No estaba haciendo nada especial –respondió ella–. Me preguntaba a qué hora llegarías, eso es todo.

–Pronto, preciosa. Muy pronto. Pero no quiero perder el tiempo comentándote mi agenda cuando hay cosas mucho más interesantes de las que podríamos estar hablando. Y después de tantas semanas lejos de ti, solo tengo un pensamiento en la cabeza ahora mismo –le dijo Murat–. ¿Qué llevas puesto?

Catrin apretó con fuerza el teléfono y trató de ignorar el repentino nudo que se le había hecho en la garganta. Después de todo, sabía muy bien lo que Murat esperaba de ella y, normalmente, le resultaba fácil seguirle el juego. Él le había enseñado las reglas y había conseguido que se le diera muy bien. Le gustaba fingir ser la amante sexy que estaba siempre esperándolo, en cualquier momento del día o de la noche.

Pero ese día se sentía distinta, las semillas de la incertidumbre habían conseguido plantarse en su mente. Se sentía como una jugadora de tenis que había salido a la pista para descubrir, en el último momento, que tenía un enorme agujero en el centro de su raqueta.

«Cálmate», se dijo a sí misma. «Agradece lo que tienes y disfruta de la vida que te han dado en vez de la que anhelas en secreto».

Se pasó la mano por la cadera, rozando con los dedos la áspera tela de sus pantalones vaqueros. En vez de describir una prenda de vestir que Murat detestaba, se esforzó por hacer bien su papel y usar su fantasía, sabía que era ese un elemento clave en ese tipo de relación.

Era algo que también le había enseñado Murat.

–Llevo seda... –susurró con su voz más sensual.

–¿Qué tipo de seda?

Volvió a sentir el mismo nudo en la garganta, pero eso no le impidió continuar con el juego. De hecho, no podía imaginarse cómo sería tener una conversación telefónica con Murat que no fuera erótica. Era algo que nunca habría podido haber hecho cuando solo había sido una ingenua joven de un pueblo de Gales. Pero a pesar de sus antecedentes, siempre había sido inteligente. Devoraba los libros y nunca le había costado aprender, era buena estudiante, también en ese terreno.

–Una seda muy suave –le dijo–. Suave como la mantequilla.

–Sigue... –le pidió Murat.

Pensó en la ropa interior que se había comprado. Era muy sexy y aún la tenía en la caja de la tienda, protegida entre papeles de seda. Su idea había sido ponérsela en cuanto saliera de la ducha.

Sabía que Murat no iba a tardar más de unos segundos en arrancársela cuando la viera, pero merecía la pena.

–La prenda es de color azul oscuro –le dijo ella como si estuviera hablando del tiempo o de cualquier otra cosa.

–Excelente –susurró Murat–. ¿Y estamos hablando acaso de pequeñas braguitas?

–¡Oh, sí...! Tan pequeñas que casi no se ven. La verdad es que es una pérdida de tiempo ponerse algo tan diminuto y frágil.

–Entiendo...

Murat se quedó callado unos segundos.

–¿Y también tienes puesto un sujetador a juego?

–Sí –susurró ella haciendo también una pausa.

No podía evitarlo, se sentía algo culpable, pero recordó que no tenía motivos para sentirse así. A Murat le gustaban esos juegos y a ella también.

–Me temo que el sujetador también es demasiado pequeño –continuó ella con su voz más provocativa y sensual–. Pero tiene bastante encaje y así al menos no se ven tanto mis pezones.

Murat volvió a quedarse callado unos instantes antes

de seguir con más preguntas. Su silencio era muy elocuente.

—¿Y las medias...? —murmuró poco después mientras tragaba saliva—. ¿Llevas medias?

Catrin respondió con un suave gemido, cerrando los ojos para no tener que ver sus pantalones vaqueros y poder usar así más fácilmente su imaginación.

—Por supuesto... Llevo medias de seda negras importadas desde París. Aunque, con el calor que hace, me temo que se han pegado a mis muslos.

—Estoy deseando verlas... —le aseguró Murat con la voz cargada de deseo—. Y después quiero quitártelas muy lentamente.

—¿Sí? ¿Lo vas a hacer?

—Sí... —repuso él con un gemido—. Y, en cuanto me deshaga de ellas, voy a deslizar mi lengua entre tus muslos y lamerte hasta que te deshagas entre mis brazos y grites de placer. ¿Te gustaría que lo hiciera, preciosa?

Siempre conseguía excitarla con sus palabras. Pero por alguna razón, la fantasía se evaporó de repente y abrió de golpe los ojos. No podía seguirle el juego, se veía incapaz de hacerlo. Pero no iba a permitir que Murat se diera cuenta de ello.

—Por supuesto, me gustaría mucho —le dijo ella—. ¿A qué hora...? ¿A qué hora vas a llegar?

—Pronto —repitió él—. Muy pronto.

Catrin estaba a punto de decirle adiós y colgar cuando oyó el ruido de una llave en la cerradura.

Se volvió hacia el sonido y casi se le cayó el teléfono al suelo cuando vio quién estaba de pie allí. Su primer pensamiento fue que no podía ser Murat, tenía una agenda demasiado apretada como para que hubiera podido llegar antes de tiempo, pero se dio cuenta de que no podía ser ninguna otra persona. De hecho, no había nadie en el mundo con el que pudiera confundirlo. Ni había ningún hombre que pudiera estar a su altura.

En su país lo llamaban Murat el Poderoso. También era conocido como Murat el Magnífico y no le extrañó que lo hicieran, creía que su aspecto no podía describirse de otro modo.

Su oscuro y ondulado cabello caía a ambos lados de su cara, haciendo que destacaran aún más sus masculinos rasgos y la suave sensualidad de sus labios. Se fijó en el brillo de sus ojos de ébano. Tenía el cuerpo de un guerrero del desierto, un detalle que no conseguían esconder los elegantes trajes italianos que solía llevar cuando no estaba en su país. Sabía que en Qurhah llevaba túnicas y un pañuelo en la cabeza, pero ella apenas lo había visto con ese tipo de ropa, solo en fotos. Y a veces, cuando lo veía en esas imágenes, sentía cierta melancolía al saber que ella solo ocupaba una pequeña parte de su vida, que nunca iba a tener acceso a ese otro aspecto de su existencia. Era algo que estaba fuera de su alcance.

—¡Murat! —exclamó sorprendida—. ¡No te esperaba tan pronto!

—Ya lo veo —respondió él cerrando la puerta suavemente tras él.

Comenzó a caminar hacia ella, con una sonrisa cómplice en los labios mientras apagaba el teléfono y se lo guardaba en el bolsillo del pantalón.

—¿No vas a saludarme, preciosa?

—Hola —susurró ella dejando su propio teléfono en una mesa cercana con manos algo temblorosas.

Murat dejó que su mirada se deslizara sobre el cuerpo de Catrin con los ojos entrecerrados. Había algo en ella diferente, pero no sabía qué era. Algo que le hacía sentir de una manera desconocida en él. Y entonces se dio cuenta de lo que era.

Le recordaba a la Cat que había conocido en un pueblo de Gales. La hermosa joven que había conseguido cautivarlo desde el primer momento, en cuanto la miró con esos extraordinarios ojos verdes.

Vestía de manera cómoda y deportiva y vio que estaba algo despeinada. La cascada oscura de rizos caía sobre sus hombros y la ropa que llevaba...

Sus maravillosas piernas estaban escondidas bajo unos pantalones vaqueros. Se trataba de una prenda que no le gustaba en una mujer y ella había dejado de usarlos en su presencia.

La fina camiseta que llevaba dibujaba de manera muy sugerente sus pechos, no podía dejar de mirarlos, pero no era lo que había estado esperando.

Pensó en lo mucho que había cambiado, en cómo su diamante en bruto se había convertido en una joya perfecta y pulida. A veces echaba de menos a la joven descarada y abierta que había conseguido conquistarlo en un principio, pero tenía que reconocer que Catrin se había adaptado muy bien a su papel. Casi demasiado bien...

—Me dijiste que llevabas medias —le dijo él lentamente.

Catrin se llevó las manos al pelo, como si acabara de recordar en ese instante lo despeinada que estaba su melena. Después, bajó la vista para mirarse los pantalones antes de volver a mirarlo a él. Tenía un gesto de culpabilidad en la cara.

—No esperaba que estuvieras tan cerca —protestó ella.

—Quería darte una sorpresa.

—¡Y lo has hecho! —exclamó Catrin mirándolo a los ojos.

—Bueno, ¿no vas a darle un beso de bienvenida a tu sultán? —le preguntó él mientras se quitaba la chaqueta y la colgaba del respaldo de una silla–. ¿Ni siquiera un abrazo?

Catrin se mordió el labio como si quisiera decir algo pero no se atreviera a hacerlo. Por un momento, Murat se sintió también algo culpable. Creía que quizás hubiera sido injusto por su parte no advertirle de que ya iba de camino desde el aeropuerto. Pero el caso era que había cambiado su agenda del día porque había estado deseando verla y porque sabía que ya no iba a tener muchas más oportunidades como esa.

Durante las últimas semanas, había empezado a ser cada vez más consciente de que el reloj seguía corriendo en contra de esa relación y que, más pronto que tarde, iba a tener que sentarse con ella y hablar muy seriamente sobre su futuro. Había cosas que necesitaba contarle a Catrin sobre su vida. Cosas que debía saber.

Pero no quería tener que hacerlo ese día.

Apretó frustrado los labios, nunca encontraba el momento oportuno, seguía retrasando esa conversación.

Solo quería centrarse en el presente, tenía la intención de sacar el máximo provecho de esos momentos, de una relación que estaba durando más de lo que habría podido imaginar en un principio.

Le dedicó una sonrisa y fue entonces cuando por fin Catrin se relajó y le ofreció también el mismo gesto. Fue corriendo hacia Murat y se echó a sus brazos con entusiasmo, rodeándole el cuello con las manos mientras se aferraba a él. Pudo sentir enseguida la suavidad de sus pechos contra el torso y el dulce calor de su aliento mientras le regalaba mil besos por toda la cara.

–¡Murat! –le dijo ella con voz temblorosa–. Lo siento, perdóname. Hola de nuevo.

Su boca fue en busca de la de Murat y él no pudo evitar gemir cuando sus labios por fin se encontraron.

Sus besos eran más dulces que los de cualquier otra mujer y también era distinta en la cama. No sabía si sería así porque él la había moldeado hasta convertirla en su amante perfecta, instruyendo a la inexperta e ingenua joven que había conocido hasta conseguir que se convirtiera en alguien tan hábil como cualquier cortesana o una de las mujeres del harén.

Catrin separó los labios para profundizar en el beso, jugando con su lengua contra la de él como si quisiera devorarlo.

Podía sentir sus pezones contra el torso y, de repente, olvidó que Catrin le había prometido que llevaba medias, olvidó que le gustaba que sus amantes lo esperaran siempre arregladas y preparadas para él.

Lo olvidó porque se trataba de Cat, así le gustaba llamarla, como «gato» en inglés. Era una cautivadora gatita que conseguía deshacerlo por completo y hacía que le temblaran las rodillas de deseo. Parecía ejercer sobre él un poder que no había experimentado nunca con ninguna otra mujer.

—Cat —suspiró en un tono que era casi una súplica—. Te he echado de menos más de lo que imaginas. Mientras cabalgaba por el desierto, mientras miraba las flores que crecen en las arenas de Mekathasinian, te he echado de menos...

Ella se apartó entonces, buscándolo con los ojos y con un gesto de intensa curiosidad en su mirada.

—¿De verdad?

—Por supuesto. ¿Necesitas preguntármelo?

Catrin asintió con la cabeza. Le pareció haber visto durante unos segundos una nube de incertidumbre en su mirada.

—Sí, Murat, lo necesito. A veces... —le confesó con

la voz entrecortada–. A veces una mujer necesita escuchar estas cosas de vez en cuando.

–Entonces, déjame decirte todas las cosas que necesitas escuchar y alguna más. Te he echado mucho de menos –le susurró enterrando los labios en su pelo–. Mientras galopaba sobre las dunas del desierto, no podía dejar de pensar en ti. Durante las largas y tediosas reuniones en las que tratamos los asuntos de Estado, anhelaba tu mirada verde y poder sentir tu sedosa piel contra la mía. Quería estar encima de ti, dentro de ti, sumergirme en tu cálido interior y perderme en lo más profundo de tu cuerpo. Así que ven conmigo, mi bella morena, deja que te lleve a la cama antes de que pierda por completo la cabeza.

Catrin miró sus ojos negros, estaban cargados de deseo, pero las dudas que la habían acompañado durante la última semana se negaban a desaparecer. Murat estaba consiguiendo excitarla como lo hacía siempre, pero no podía evitar que le doliera que no quisiera hablar antes con ella. Llevaban semanas sin verse y la actitud de Murat le hacía sentirse como si solo fuera un objeto con el que quería saciar su lujuria. Le habría gustado que, al menos una vez, tratara de hacer algo más con ella que no fuera llevarla directamente a la cama.

«No eres más que la mujerzuela de un millonario».

No podía olvidar las duras palabras de su madre, pronunciadas con la dificultad del que había bebido más de la cuenta. Se preguntó cómo reaccionaría Murat si a ella se le ocurriera sugerir que se tomaran una taza de café antes de ir al dormitorio o si se atreviera a pedirle que la esperara, que necesitaba darse una ducha.

Pero, por muchas dudas y objeciones que tuviera, su

cuerpo no parecía querer escucharla. Solo podía sentir cómo Murat había conseguido despertar el deseo en su interior. Así que no vaciló más que un segundo antes de dejar que la llevara al dormitorio principal, incapaz de resistirse a sus muchos encantos.

Sus dudas comenzaron a disolverse en cuanto Murat le quitó la camiseta y la tiró al suelo. Pocos segundos después, olvidó por completo sus incertidumbres cuando el poderoso sultán le desabrochó los pantalones vaqueros y susurró algo en su lengua materna antes de llevarla a la cama.

Su ropa interior era sencilla y práctica, el tipo de prendas que solía llevar cuando Murat no estaba en la ciudad. Sabía que él prefería que llevara tangas, pero no eran demasiado cómodos. Ese día, por ejemplo, llevaba unas braguitas blancas de algodón que eran completamente lisas.

Murat se quedó mirando su simple ropa interior durante un momento antes de tocarla. Cuando sintió su mano acariciando levemente la prenda, se quedó sin respiración. Él no tardó en apartar hábilmente las húmedas braguitas para poder acariciarla. Deslizó los dedos entre los suaves pliegues de su sexo y no pudo evitar retorcerse de placer cuando sintió uno de sus dedos dentro de ella.

Tras unos segundos en el cielo, Murat dejó de tocarla y, mirándola a los ojos, se lamió lentamente el dedo que había utilizado. Fue un momento tan erótico e íntimo que sentía que iba a perder la cabeza.

—No... ¿Qué haces? —gimió ella decepcionada al ver que se alejaba de la cama.

—Paciencia, mi pequeña gata, solo quiero quitarme el maldito traje.

Contuvo el aliento mientras observaba cómo se desnudaba, desvelando poco a poco el magnífico cuerpo que escondía bajo esas prendas. Le encantaba el tono oliváceo de su piel y su torso era maravilloso, solo empañaba esa perfección una cicatriz que tenía a un lado del abdomen.

Recordó que, cuando la vio por primera vez, la recorrió con los dedos mientras le preguntaba si era una herida de guerra. Y él le había respondido, en un tono algo seco, que era en realidad el legado de una operación de apendicitis que le habían hecho de niño en el hospital pediátrico de Simdahab, la capital de Qurhah.

No tardó nada en quitarse el resto de la ropa y pudo comprobar entonces lo excitado que estaba. No podía ver otra cosa que no fuera su imponente erección mientras iba hacia la cama, donde lo esperaba ella. Pudo sentir su firmeza contra el vientre cuando se echó sobre ella y le arrancó el sujetador con un hambre que no se molestó en ocultar.

Era una pena que acabara de echar a perder otra costosa prenda interior, no era la primera vez que le pasaba. Pero, en ese momento, no le importaba ni le preocupaba nada, solo podía pensar en sentirlo de nuevo dentro de ella.

No entendía cómo conseguía Murat que se sintiera de esa manera. Era como si la hubiera hechizado y no pudiera evitar amarlo como lo amaba.

–Murat –gimió ella mientras rozaba su áspera mandíbula con los labios–. ¡Murat!

–¿Qué pasa, cariño? –contestó con su profunda y varonil voz–. Dime.

Se preguntó qué diría Murat si ella se atreviera a decirle la verdad, si llegaba a confesarle que esperaba que su madre no hubiera acertado y que Murat le hiciera una oferta que no pudiera rechazar, una oferta que la convirtiera en su esposa, en algo más que una amante.

Se preguntó también cómo reaccionaría Murat si supiera que noche tras noche, cuando él estaba de regreso en Qurhah y ella tenía que acostarse sola en esa gran cama, solía fantasear con la idea de llegar a casarse algún día con él. Deseaba que Murat la llevara a su país, a ese reino del desierto, y se la presentara a todos como su prometida, su sultana.

Soñaba con aprender a hablar su lengua, darle descendencia y vivir con él hasta el final de sus días.

Una parte de ella temía que Murat fuera a reaccionar aterrorizado si ella le contaba lo que quería y que, después de esa confesión, no volvería a verlo. Porque después de más de un año siendo su amante, no creía que fuera a conseguir nada más de él. Pensaba que cualquier tipo de compromiso por parte de Murat estaba tan lejano como lo había estado cuando él la había sacado del pueblo donde había estado viviendo para llevarla a Londres, a donde había llegado temblando de pasión y con un feroz apetito sexual hacia ese hombre, pero siendo aún muy inocente e ingenua.

Él le había dicho desde el principio que esa relación no tenía futuro y que nunca llegarían a casarse. Sabía que, cuando Murat se prometiera para casarse, sería con alguien completamente distinto a ella. Y, aunque se había dicho a sí misma que aceptaba la situación, una voz en su interior le decía que estaba engañándose, que soñaba con tener algo más con él, que anhelaba el cariño y la seguridad que nunca había tenido.

Pero sabía que todos esos sueños eran una pérdida de tiempo y energía por su parte.

—¿Quieres que te diga yo cuánto te he echado de menos? —le preguntó con entusiasmo.

—Puedes decirme lo que quieras, preciosa, con tal de que me dejes reencontrarme con estos magníficos pechos... –le susurró él–. Porque llevo mucho tiempo soñando con lamerlos.

Catrin no pudo ahogar un gemido.

–Yo he soñado con lo mismo.

–¿Puedo jugar con ellos? –le preguntó Murat–. Voy a lamerlos y chuparlos hasta que estés completamente húmeda y excitada...

No pudo evitar gemir de nuevo.

–Sí, por favor –le dijo suspirando.

–¿Y se te ocurre alguna otra cosa que pueda hacer? –le preguntó de manera sugerente mientras comenzaba a bajar la mano por su vientre.

Se estremeció cuando sintió la palma sobre su ombligo y unos dedos que jugaban lentamente sobre su piel. Poco después, continuó su viaje hacia abajo.

–¿Hay algo más con lo que pueda tentarte?

–¿Acaso no lo sabes? ¿No puedes adivinarlo? –susurró ella.

–Puedo intentarlo. Creo que a lo mejor quieres que te quite esas braguitas de colegiala que llevas...

–¿No te gustan?

–Son una fantasía que no sabía que tenía hasta que te he visto con ellas. Pero, ahora mismo, ¡solo quiero quitártelas!

Murat deslizó los dedos bajo la prenda para hacer lo que acababa de decirle, pero se quedó inmóvil. Ella levantó la cabeza para ver por qué lo había hecho. Lo miró a la cara y vio algo en sus ojos que no reconoció. No pudo evitar fruncir el ceño, se sentía algo confundida. Le había parecido ver tristeza en su mirada.

–¿Qué te pasa. Murat? – le susurró.

Pero desapareció de repente la tristeza que había visto en sus ojos y volvió a mirarla con lujuria.

–Nada, no pasa nada –gruñó mientras le bajaba las braguitas hasta las rodillas y comenzaba a besarla.

Catrin se estremeció y suspiró mientras Murat la agarraba para acercarla aún más a él. Era ese un baile que ya conocía muy bien. Se había convertido casi en una segunda naturaleza para ella. Apenas había tenido experiencia en ese terreno antes de conocer a Murat, pero el sultán la había cambiado por completo, le había enseñado tanto... Con él había aprendido a amar su propio cuerpo y a confiar en él. Y también había descubierto que el sexo era el más sublime de todos los placeres y que nunca debía sentirse culpable por disfrutar en la cama.

Después de un mes sin él, se sentía desesperada, necesitaba tocarlo. Sus cuerpos encajaban a la perfección, como dos piezas de un puzle.

No pudo evitar gritar de alegría cuando por fin lo sintió dentro de ella.

–Dios mío, Cat... –murmuró Murat mientras hacía una pausa para permitir que Catrin acomodara su cuerpo al de él–. Es... Es increíble.

–Para mí también –le aseguró ella con la voz entrecortada.

Murat sintió que se le secaba la boca mientras se concentraba en cada movimiento. Era una sensación exquisita. Agarraba con las manos las suaves y redondas nalgas de Catrin mientras se deslizaba cada vez un poco más dentro de ella. Era como estar envuelto en terciopelo, en un suave y cálido terciopelo. Quería que esas sensaciones duraran eternamente y poder quedarse toda la noche dentro de ella.

Pero nada duraba, era algo que sabía muy bien. Y recordar en ese momento lo que le esperaba le hizo sentir una amargura tan intensa y repentina que incrementó la velocidad de sus movimientos para estar más profundamente en su interior, para tratar de olvidarlo todo.

Catrin comenzó a arquear hacia él su cuerpo y se retorcía ya con los primeros espasmos de un orgasmo. Se distrajo viendo cómo sus pechos se ruborizaban unos segundos antes de alcanzar el clímax. Y él no tardó mucho más en llegar a la cima. Gritó en su lengua materna y se deshizo en su interior con una feroz explosión de placer.

El tiempo se detuvo y no tardó en sentir un sopor que se apoderaba de él. Levantó una mano perezosa para enredar los dedos en el sedoso cabello de Catrin y vio entonces un gesto de preocupación en su cara. Quería dormir, pero le dio la impresión de que ella no parecía dispuesta a dejar que lo hiciera.

–¿Cómo es que has vuelto tan pronto? –le preguntó Catrin inclinándose sobre él para que su largo cabello le hiciera cosquillas en el torso.

–Bueno, la verdad es que he tenido que hacer malabares para conseguir cambiar algunas cosas en mi agenda –contestó él bostezando–. Hay alguien con quien necesito reunirme. De hecho, vamos a cenar con él esta noche.

–Pero... –comenzó ella frunciendo el ceño–. He hecho gazpacho y soufflé de limón.

Se echó a reír al oírlo.

–Hablas como un ama de casa.

Catrin se quedó unos segundos en silencio.

–Pensé que te gustaba que jugara a ser ama de casa.

–Bueno, a veces sí.

«Y a veces, no», pensó él.

–Y siempre reservas tu primera noche en Londres para nosotros dos –protestó ella.

–Lo sé –repuso sin poder reprimir un segundo bostezo–. Y lo siento, pero lo de esta noche es importante y no puedo posponerlo, Cat.

–Ya... Lo entiendo.

Aunque trataba de ocultarlo, le quedó claro que estaba decepcionada. Pero creía que Catrin tenía que darse cuenta de que le había dado la posibilidad de pasar más tiempo con él de lo que había hecho con cualquier otra mujer. Pensó que quizás fuera un buen momento para recordárselo. Pero la oscuridad repentina que vio en sus ojos consiguió conmoverlo y se dio cuenta de que prefería tranquilizarla.

–Te va a gustar conocer a Niccolo, ya verás –le dijo mientras acariciaba su cadera con ternura–. Se va mañana por la mañana a Nueva York, por eso he quedado con él esta noche. Tengo que aprovechar que está en Londres.

Vio que su rostro se relajaba un poco.

–¿Te refieres al famoso Niccolo Da Conti? ¿El mismo que nunca me has permitido conocer? ¿Uno de tus tres amigos? ¿Uno de los mosqueteros?

–Sí, así es –le dijo Murat–. Y no es que no haya querido hasta ahora que lo conocieras, sino que nuestros caminos no suelen cruzarse en Londres. Normalmente, es en Qurhah donde suelo verlo.

–Y está claro que yo nunca voy a poder poner un pie en Qurhah, ¿verdad? Eso no ha cambiado ni va a cambiar.

–No. Desafortunadamente, no puedes.

Con un gruñido suave, extendió su mano hacia Catrin y la atrajo hacia sí. Volvió a desearla en cuanto sintió la suavidad de su cuerpo.

–Pero no quiero hablar de todos los factores que nos separan. De hecho, no quiero hablar de nada. No te he visto desde hace casi un mes y solo tengo una cosa en la cabeza. Así que acércate y bésame, Cat.

Catrin lo hizo, por supuesto. Creía que ninguna mujer podría resistirse a un hombre tan atractivo como Murat el Magnífico. Contra la blancura de las sábanas, su cuerpo brillaba como si fuera oro bruñido. Casi parecía un dios y no pudo resistirse a besarlo. Murat era un oscuro dios de oro y lo tenía tumbado a su lado.

Pero, sin poder hacer nada para evitarlo, volvió a inundarla el mismo miedo de antes, se sentía como si estuviera cayendo por un precipicio a cámara lenta.

Se sentía angustiada y le entraban ganas de gritar que en realidad no estaba enamorada de él, aunque sabía que era mentira. El hecho era que no quería estarlo, sabía que nada bueno podía salir de ese sentimiento.

No pudo evitar que resonaran en su cabeza otros comentarios que le había hecho su madre. No era capaz de silenciar sus palabras.

–¿Te ha hablado acaso de futuro, Catrin? ¿Lo ha hecho? –le había preguntado su madre.

Cada vez estaba más inquieta. No, Murat no le hablaba de futuro. Su relación era apasionada y había disfrutado mucho con él, pero nadie había hablado de dar un paso más ni de ningún tipo de compromiso. De eso ya habían hablado al principio de su relación y era algo que Murat le había dejado muy claro desde entonces. Sabía que lo mejor que podía hacer era olvidarse de ello y dejar de fantasear.

–No frunzas el ceño –murmuró Murat entonces–. Y toca esto...

Era un hombre descaradamente sexual, un gran seductor, siempre le hablaba claramente en la cama. Murat tomó su mano y la guio hasta su entrepierna. No pudo evitar sonrojarse cuando se encontró con la mirada burlona de Murat. Sus dedos rodearon la sedosa firmeza de su erección y Murat la besó apasionadamente. De repente, se olvidó de todo, no había nada más en su mente, solo las sensaciones.

Pensó que quizás fuera una mujer muy débil, porque todas sus dudas se esfumaron en cuanto Murat comenzó a besarla.

Pero era tan maravilloso estar así con él, eran sensaciones que le resultaban ya muy familiares, a las que se había acostumbrado fácilmente.

Dejó de pensar en nada más cuando sintió que Murat comenzaba a explorar con los dedos la zona más íntima de su cuerpo. Siempre había sido así con ellos, desde el principio de su apasionada relación.

Habían tenido mucha química desde el momento en que sus caminos se cruzaron, cuando ocurrió lo imposible y una humilde muchacha de los valles galeses consiguió atraer la atención de un sultán poderoso e increíblemente rico.

Capítulo 2

HABÍA sido una de esas maravillosas mañanas en Gales, donde la primavera llegaba más tarde que en el resto de Gran Bretaña. Ya comenzaban a florecer las plantas y solo se oía el canto de los pájaros.

Nadie podría haber adivinado que la paz del pequeño pueblo estaba a punto de romperse con la llegada de un exótico forastero y de su séquito de guardaespaldas, hombres fuertes y altos que portaban armas bajo sus caros trajes.

Catrin había estado disfrutando entonces de la vida y de su libertad. Por fin había logrado escapar de la atmósfera envenenada que siempre había tenido en casa y había conseguido un trabajo en un pequeño hotel al otro extremo de la región de Gales. Pero estaba lo suficientemente cerca como para visitar a su madre de vez en cuando.

Su relación siempre había sido difícil y, si no hubiera sido por su hermana menor, Catrin se habría ido de casa mucho antes. Había sido incapaz de dejar a una niña viviendo sola con una madre borracha. Y tampoco había podido evitar que su progenitora bebiera vodka por muchas botellas que hubiera vaciado en el fregadero.

Había pasado toda su vida tratando de blindar a su hermana para que no fuera consciente del drama cotidiano con el que tenían que vivir por culpa de su madre, pero Rachel acababa de irse a la universidad y Catrin había podido por fin buscarse una nueva vida fuera de casa.

La sensación de libertad que sentía era embriagadora. Hacía que se sintiera casi mareada y algo perdida, como un cordero recién nacido que salía de la oscuridad del vientre de su madre a un prado iluminado por el sol.

Ya no tenía que sentir miedo cada vez que abría la puerta de casa, ya no tenía que rescatar a nadie, ya no sentía la necesidad de fingir que todo era perfecto cuando, obviamente, nunca lo había sido.

Además, podía salir por la noche y no tener que dar explicaciones a nadie. Lo cierto era que no tenía demasiadas oportunidades para salir. La ciudad más cercana estaba a varios kilómetros de distancia y apenas había autobuses de un sitio a otro. Pero al menos sabía que, si quería, podía hacerlo.

No había recibido formación para hacer nada en particular, pero era inteligente, trabajadora y aprendía deprisa. No tardó mucho en sentir que el resto del personal del hotel la había aceptado bien. Siempre había tenido un gran amor por la lectura y eso le había dado un conocimiento del mundo que había conseguido complementar el poco tiempo que había podido dedicar a los estudios. Así, no le costaba hablar de cualquier cosa con cualquiera y era algo que también les gustaba a los clientes. Después de un año trabajando en el hotel Hindmarsh, empezaba a sentir que podría tener una carrera profesional con futuro en el mundo de la hostelería.

Un día, el azar quiso que la camarera del bar del hotel estuviera de baja por enfermedad y que Catrin se ofreciera a sustituirla. Precisamente el día que Murat Al Maisan entró en ese mismo bar.

Cuando lo hizo, Catrin sintió que todos se quedaban de repente en silencio. Levantó entonces la vista para encontrarse con un par de ojos negros como la tinta. Tardó un par de segundos en darse cuenta de que la miraba directamente a ella. Creía que, si no hubiera estado de pie con la espalda contra la pared, habría pensado que estaba en realidad mirando a otra persona, a alguien que estaba detrás de ella. Pero no fue así.

La estaba mirando a ella.

Sus ojos la estudiaron de arriba abajo, de una forma que Catrin habría encontrado ofensiva en cualquier otra persona. Pero con él no se sintió así. Sin saber por qué, le pareció algo natural, como si hubiera estado esperando toda su vida a que apareciera él de repente y la mirara de esa manera.

Sintió que se le aceleraba el pulso y una oleada de calor recorría su cuerpo. Podía sentir cómo se tensaban sus pechos, no entendía por qué estaba reaccionando de esa manera. Fue algo que la asustó y excitó a partes iguales. Por eso, cuando se dirigió a él, no pudo evitar tartamudear un poco.

–¿Puedo ayudarlo en algo, señor? –le preguntó.

El hombre no respondió de inmediato y entrecerró un poco los ojos. Cuando le habló, lo hizo con una voz grave y sensual.

–Creo que podrías ayudarme más de lo que piensas y de una manera que ni siquiera puedes imaginar –le dijo él con un exótico acento que nunca había oído antes.

–¿Cómo?

Murat sacudió la cabeza como si necesitara recobrar la compostura y recordar dónde estaba.

–Supongo que tomaré una taza de café –le dijo poco después.

Catrin levantó las cejas al oír sus palabras y le habló de la misma manera que lo habría hecho con cualquier joven agricultor que se hubiera dirigido a ella con pobres modales.

–Normalmente suelo responder mejor, cuando me piden algo «por favor».

Él sonrió entonces y la miró con un brillo juguetón en sus ojos. De la misma manera en que un gato miraba a un pájaro que estaba en lo alto de un árbol.

–Por favor.

Más adelante, Murat le contó que había sido un impulso lo que lo había llevado a visitar el antiguo hotel y que había dejado a todos sus escoltas esperándolo afuera. También le confesó Murat más tarde que creía que había sido el destino el que lo había atraído hasta allí para poder conocerla y le dijo también que era la mujer más hermosa que había visto en su vida.

Pero no había sabido aún nada de eso cuando Murat se sentó, comenzó a tomar su café y le preguntó a Catrin cómo se llamaba.

Aunque pocas veces socializaba de ese modo con los clientes, se encontró de pie al lado opuesto de la barra, frente a donde Murat se había sentado para poder hablar con él. En realidad, para escuchar lo que le explicaba sobre los parques eólicos, le dijo que esa era la razón por la que estaba visitando la zona. En ese momento, todavía no había descubierto que Murat era un sultán que gobernaba una vasta región de tierra rica en petróleo y que tenía más dinero del que ella podía llegar a imaginarse.

Lo único que sabía entonces era que hablaba como nadie que hubiera conocido antes. Su voz era sensual y aterciopelada y exudaba una seguridad que encontraba irresistible. Coqueteaba con ella de una forma que le parecía bastante peligrosa, pero no podía evitar seguirle el juego. Creía que no había ni una sola mujer en el planeta que no hubiera hecho lo mismo que ella.

–Supongo que la gente siempre te dice que tienes unos ojos preciosos –le dijo Murat.

No pudo evitar que el estómago le diera un vuelco al oír su cumplido.

–Son del color de un cactus.

–¿De un cactus? –repitió ella perpleja y frunciendo el ceño–. ¿De un cactus feo y lleno de espinas?

–Esa es la idea que la gente tiene de esas plantas, lo sé –admitió él–. Pero los cactus forman la especie más subestimada del mundo de la vegetación. No solo pueden almacenar agua y sobrevivir en las condiciones más duras, sino que proporcionan alimento y tienen muchas propiedades medicinales –añadió Murat con una sonrisa–. Además de producir flores de una belleza impresionante.

Completamente hipnotizada, Catrin asintió con la cabeza. Sus palabras eran increíbles, casi como poesía para sus oídos, no se cansaba de escucharlo. Le hacía desear que Murat le susurrara cosas al oído, cosas que no tuvieran nada que ver con las plantas. Cosas sobre ella. Cosas sobre...

No pudo evitar ruborizarse y fue al otro extremo de la barra para servir una cerveza a otro cliente que acababa de llegar al bar.

Se tomó bastante tiempo en hacerlo, necesitaba tranquilizarse, sabía que aquello no estaba bien, que no podía pensar de esa manera. Sabía que en el mundo había dos tipos de hombres y Murat era del tipo equivocado. Su madre siempre le había dicho que no tenía más que mirarse en el espejo si necesitaba comprobar por qué no le convenía ese tipo de hombre.

—¿Por qué te has sonrojado? —le preguntó en voz baja Murat.

Ella levantó la vista y, de pronto, se dio cuenta de que solo podía pensar en él. El sentido común y la precaución le decían que no era razonable seguir sus impulsos, pero olvidó de repente todo lo que había oído decir sobre esos atractivos y peligrosos hombres. Lo miró a los ojos y no pudo evitar preguntarse cómo sería darle un beso.

—La verdad es que nunca he visto un cactus en flor —le dijo ella.

Murat sonrió al oírlo.

—¿No?

Al día siguiente, le llegó un regalo a su puesto de trabajo. Al principio le pareció que era un ramo normal de floristería, con su celofán brillante y un gran lazo. Pero descubrió al abrirlo que dentro la esperaban las grandes y carnosas hojas verdes de un cactus del que salían unas pequeñas flores en tonos de color cereza y rosa. Nunca le habían regalado flores y, mucho menos, una planta como aquella.

La originalidad de la planta y lo inesperado del gesto consiguieron que se quedara prendada. Estaba feliz e ilusionada.

Supuso que, después de un detalle así, tenía que decirle que sí si la invitaba a cenar. Lo que no esperaba, algo que le sorprendió tanto a ella como a él, fue terminar esa misma noche en la cama con dosel de la habitación que Murat tenía frente al lago Bala.

Fue salvaje. En realidad, ella se comportó de una manera salvaje. Nunca había sabido que se pudiera llegar a disfrutar tanto con el sexo. Había sido increíble acariciar todo su cuerpo desnudo mientras Murat la besaba. Se había aferrado a él con avidez.

Al principio, a Murat pareció sorprenderle que se mostrara tan apasionada, pero el gemido que salió de su garganta mientras él se deslizaba profundamente dentro de ella hizo que se sintiera muy poderosa.

Pero su felicidad solo duró unos segundos. Después, sintió algo de dolor y tuvo que soportar el enfado de Murat al darse cuenta de que ella no le había mencionada en ningún momento que era virgen.

–¿Por qué yo? –quiso saber Murat después.

Se lo había preguntado como si el hecho de que le hubiera entregado su inocencia pudiera ser más una carga que un regalo.

–Porque... Porque quería que la primera vez fuera con alguien que supiera lo que hacía y me pareció que tú eras el candidato perfecto. No te enfades, Murat. Quería que fuera fantástico y lo ha sido. ¿Por qué me lo preguntas? –le dijo mientras se daba la vuelta y lo miraba directamente a los ojos–. ¿Tan importante te parece?

–Claro que sí –repuso Murat–. No suelo ir por ahí seduciendo a jóvenes vírgenes. Sus sueños e ilusiones aún están intactos.

–Bueno, supongo que ya es demasiado tarde –le contestó ella mientras comenzaba a recorrer su torso con la boca.

Volvieron a hacer el amor dos veces más. Después de la tercera vez, se quedó entre sus brazos mientras recuperaba el aliento. No podía dejar de temblar.

Suspiró satisfecha mientras Murat le acariciaba el pelo.

–Ha sido... Ha sido increíble.

–Lo sé –le dijo él sin dejar de mordisquear su oreja–. Dicen que todas las mujeres necesitan un poco de práctica antes de conseguir llegar al orgasmo...

–Entonces, creo que es importante que siga practicando –le contestó ella con solemnidad.

Murat se echó a reír.

–Eres una mezcla muy curiosa. Tan pronto pareces una joven ingenua como una mujer de mundo –le confesó él.

–¿Y eso es bueno o malo?

–Aún no le he decidido –reconoció Murat–. Lo único que sé es que me pareces encantadora y creo que no estoy preparado para decirte adiós. No quiero hacerlo.

Catrin se acurrucó contra él.

–Entonces, no lo hagas –le susurró ella–. Sigue abrazándome como lo estás haciendo ahora mismo.

Sabía que los dos estaban hablando de cosas diferentes. Catrin había aprendido a no pensar en el futuro y se limitaba a disfrutar del maravilloso presente. Murat, en cambio, estaba especulando sobre el futuro, algo que no era nada usual en él.

Cuando se despidieron, ella estaba segura de que no iba a volver a verlo. Pero descubrió asombrada una semana después que había regresado a Gales para verla, sabiendo además que ella tenía dos días libres.

–¿Ves? –le dijo Murat entonces–. Ya te dije que no podía alejarme de ti.

Ella no intentó ocultar su alegría cuando Murat la tomó en sus brazos. Por primera vez en su vida, entendía lo que la gente quería decir cuando hablaba de estar en una nube. Nunca había sido tan feliz.

Pensó que era una suerte que el destino la hubiera llevado a encontrar ese trabajo al otro lado de Gales, donde podía disfrutar de esa relación amorosa sin miedo a que su madre apareciera en cualquier momento y montara una escena.

También le gustaba eso de Murat. No parecía interesarle saber quién era su familia ni cómo había sido su vida. De todos modos, suponía que no había motivos para que nada de eso le interesara. Después de todo, lo suyo no iba a poder ser más que una aventura muy apasionada, pero efímera. Y creía que era mejor así. De ese modo, no iba a tener que sufrir la angustiosa tortura de explicarle en qué tipo de hogar había crecido ni cómo había sido su vida hasta que por fin se pudo ir de casa.

Se alojaron en el mismo hotel de la primera noche, con vistas al lago Bala. Y, durante dos días enteros, apenas salieron de la habitación. No sabía cómo iba a habituarse otra vez a su realidad cuando Murat se fuera y regresara a su otra vida, a su vida real, a su vida en el desierto. Él le había hablado de su país, de sus costumbres y de que, por desgracia, alguien como ella no sería bien recibida allí.

Trataba de no pensar en ello, pero le era imposible no hacerlo. Era difícil hacerse a la idea de que su apasionado amante era un hombre que gobernaba además un vasto reino y atravesaba el desierto a lomos de un caballo negro. Era una escena que podía imaginarse con facilidad, pero le parecía irreal, como sacada de un libro de aventuras.

Pasó los dedos entre los sedosos mechones de su pelo de ébano y trató de no pensar en cuánto le dolería perderlo.

A lo mejor Murat le adivinó el pensamiento o vio cómo se sentía al mirarla a los ojos. El caso fue que le hizo una proposición increíble la última tarde que iban a pasar juntos esa semana, justo antes de meterse en el coche e ir a una cena de negocios que tenía en Londres.

–Ven conmigo –le dijo mientras se ponía la chaqueta de su elegante traje italiano.

Ella parpadeó al oírlo.

–¿Adónde?

–A Londres. Tengo un apartamento en la ciudad y podrías vivir allí.

–¿Contigo?

Murat sonrió al oírlo.

–Bueno, no todo el tiempo...

Si ella no hubiera sido tan ingenua, se habría dado cuenta entonces de la situación en la que se estaba metiendo y habría llegado a la conclusión de que las mujeres como ella nunca recibían proposiciones duraderas ni compromisos. Lo único que había permanente en la vida de Murat era su palacio y su apretada agenda en Qurhah. Los viajes que hacía a Inglaterra eran siempre fugaces y poco regulares. Sabía que no le estaba ofreciendo una relación convencional.

Pero ella no sabía nada de relaciones ni de lo que otra gente consideraba «normal». No entendía lo que significaba tener una relación seria con alguien y se había convencido de que tampoco quería saber nada de sentimientos. Creía que ese tipo de emociones solo producían dolor y caos y ya había tenido bastante caos en su vida.

Pensó en declinar su oferta, pero una parte de ella no entendía qué razones podía tener para negarse. Además, sentía que no tenía otra alternativa. Después de todo, aunque llevaba poco tiempo en su vida, la idea de no volver a verlo la dejaba sin respiración.

Fue así como se convirtió en la amante de un millonario. Se había mudado a Londres para estar con Murat y, poco a poco, su independencia había comenzado a menguar. Encontró trabajo en un hotel grande de la capital, pero no tardó en darse cuenta de que ese empleo era incompatible con su nueva vida, porque la primera regla de una amante era que tenía que estar siempre disponible.

Murat le había dicho que tenía que sufrir todo tipo de presiones en su mundo y que ella era la única que conseguía calmar sus crispados nervios. Le gustaba tenerla allí cuando viajaba a Inglaterra y no quería que ella tuviera que trabajar y perder un tiempo precioso cuando podía estar con él. No le hizo caso cuando, al principio, ella se negó a usar la tarjeta de crédito de Murat. Él terminó por convencerla asegurándole que tenía mucho dinero y podía permitírselo. Le había dicho además que era una manera de pagarla por el trabajo que hacía, cuidando de su piso de Londres y consiguiendo que pareciera de verdad un hogar.

Así que, al final, Catrin le había dejado que metiera la tarjeta de crédito en su nueva billetera de piel, también un regalo de Murat. Del mismo modo que había permitido que su sultán le comprara todo tipo de lencería de seda y satén e insistiera una y otra vez hasta que Catrin accedió a acudir de manera periódica a uno de los salones de belleza más exclusivos de Londres. Allí se arreglaba el pelo y se hacía otros tratamientos estéticos.

No se había parado a pensar en cuánto tiempo iba a durar esa situación. No había pensado más allá de cada maravilloso día a su lado. Pero Murat había empezado a gustarle más y más. Y había sido entonces cuando ella empezó a tratar de que todo fuera perfecto. Después de mucho reflexionar, había llegado a la conclusión de que buscaba una relación perfecta con él para compensar de alguna manera una infancia muy imperfecta.

Descubrió enseguida que las telas costosas eran más agradables sobre la piel que las baratas. Aprendió a disfrutar de los tratamientos en el spa cuando se preparaba para las visitas de Murat. Se acostumbró enseguida a que le dieran masajes y a que hidrataran su piel con maravillosas cremas.

También se dio cuenta de que podía llenar todo el tiempo libre que tenía durante sus ausencias con los cursos de corta duración que estaban disponibles para las mujeres con mucho dinero y poco que hacer.

Había recibido clases sobre apreciación musical y arreglos florales, había conseguido un certificado de cocina de la prestigiosa escuela Cordon Bleu y había aprendido a distinguir entre distintos tipos de vinos.

De ese modo, había descubierto también que tenía una verdadera pasión por la Historia del Arte, era uno de los temas que más le había interesado. De la manera más impensable, estaba logrando reunir muchos y variados conocimientos.

Murat le presentaba de vez en cuando a sus amigos y colegas. Unas veces aparecían con sus esposas, otras veces con sus amantes. Descubrió entonces que le había venido muy bien su experiencia trabajando en el hotel Hindmarsh porque había aprendido a conversar con cualquiera. Le gustaba saber más de las personas que iba a conocer e impresionarlos después con la información que había aprendido sobre parques eólicos, *fracking* o lo que ocupara en cada momento la agenda de su amante real.

En cierto modo, estaba educándose a sí misma para convertirse en la consorte perfecta de un hombre poderoso, pero sabía que no tenía posibilidad de conseguir ese papel de forma permanente. Era algo que estaba fuera de su alcance, Murat tenía que casarse con alguien de sangre real, con una princesa del desierto que perteneciera a una buena familia. Era algo que él le había dejado muy claro desde el primer momento.

En teoría, los dos comprendían la situación, al me-

nos eso había pensado ella. Nunca había habido menti-
ras ni falsas expectativas, así que había creído que le
iba a resultar fácil aceptar las rígidas condiciones de su
relación.

Y así había sido, al menos al principio. Pero el amor
lo había estropeado todo. El amor le hacía desear poder
tenerlo todo, ansiar algo que nunca iba a tener.

–¿Cat?

La voz de Murat la devolvió al presente con un so-
bresalto. Abrió los ojos y se encontró con su cara a pocos centímetros de la de ella. Podía ver el brillo de sus
ojos negros y sentir el calor de su aliento. Su cuerpo
desnudo se fundió con el de ella, sus pechos aplastados
contra su fuerte torso...

–¿Qué te pasa, preciosa? –le preguntó Murat mientras acariciaba posesivamente la curva de su cadera–.
Me ha parecido que estabas absorta, a mil kilómetros
de distancia.

No podía admitir que había estado pensando en el
pasado ni contarle todas las estúpidas dudas que aba-
rrotaban su mente. Sacudió la cabeza y se apretó un
poco más contra él, era increíble sentir su imponente
erección sobre su sexo.

–Ahora estoy aquí –susurró ella–. Y soy toda tuya...

«Aunque no sé durante cuánto tiempo», se dijo ella
con tristeza.

Separó sus muslos y Murat se deslizó dentro de ella.
Pero, mientras su cuerpo se abría a él y trataba de no
pensar y de limitarse a sentir, pudo notar otra nube negra envolviendo su corazón sin que pudiera hacer nada
para evitarlo.

Capítulo 3

BUENO. ¿Qué te parece esto? ¿Te gusta? –le preguntó Catrin mientras daba una vuelta por el salón con unos tacones altísimos.

Se detuvo frente al televisor en el que el sultán había estado viendo un interesante partido de fútbol.

–¿Te parece que voy vestida de manera adecuada para la cena con Niccolo Da Conti? –insistió ella.

O estaba siendo un partido muy aburrido o ella había acertado con el vestido, porque Murat se olvidó de la pantalla del televisor para centrarse en Catrin. Se quedó sin aliento al ver cómo sonreía mientras la miraba.

Murat solo llevaba puesta una pequeña toalla alrededor de sus caderas y su pelo seguía húmedo tras la ducha que se había dado después de hacer el amor con ella.

Catrin aún estaba temblando. Tragó saliva al recordar la pasión que acababan de compartir. El reencuentro había sido increíble.

–Date la vuelta –le pidió en voz baja.

Ella obedeció su orden. Sintió el frescor del aire en sus muslos desnudos mientras se giraba porque debajo de su vestido lila llevaba las medias que Murat prefería, unas que solo llegaban hasta medio muslo y debía sujetar con liguero.

Normalmente, le gustaba exhibirse de esa manera para él, así Murat podía disfrutar de su faceta voyerista.

A veces le pedía que le enseñara la parte superior de sus medias y ella lo tentaba levantándose rápidamente la falda, provocándolo como las bailarinas de cancán que salían en las películas antiguas.

Quisiera lo que quisiera Murat, hacía todo lo posible para complacerlo. Era otra de las lecciones que Murat le había enseñado. Había aprendido que un hombre con una amante generosa en casa nunca se veía en la necesidad de buscar compañía en ningún otro sitio.

Pero ella seguía siendo incapaz de quitarse de la cabeza esas dudas que la habían estado acompañando durante todo el día. Podía sentir que algo en su vida estaba cambiando y no estaba segura de lo que era. Recordaba muy bien esa mirada extraña que había visto en su cara mientras hacían el amor.

No podía evitar preguntarse si se estaría cansando de ella.

Se le aceleró el pulso al pensar en esa posibilidad. Era algo que la aterraba. En realidad, no quería que nada cambiara. Sabía que esa situación no era perfecta, que esos pocos momentos que tenía con Murat nunca iban a ser suficiente, pero le gustaba su vida tal como era. Tenía algunas ventajas estar con un hombre con el que nunca iba a tener nada serio, un hombre que no iba a comprometerse con ella. Así no perdían el tiempo con peleas ni exigencias poco razonables. Y creía que, sin contar con el inconveniente de haberse enamorado de él, había tenido mucha suerte al encontrarlo y disfrutaba de una situación muy cómoda.

Pero si Murat se estaba cansado ya de ella...

Pensó en qué otras alternativas podría tener, tratando de imaginar qué podría hacer. No había tenido muchos planes antes de conocerlo. Pero, lo poco que había tenido, lo había abandonado para mudarse a su casa.

Había olvidado, por ejemplo, ese pequeño salón de té en las montañas de Gales, el que había sido su sueño. Había tenido la idea de hacer pasteles en casa y vendérselos a los montañeros hambrientos, pero era una iniciativa que ya no le parecía tan atractiva.

Desde que conociera a Murat, sus sueños habían ido cambiando poco a poco y ya no se imaginaba no estar con él. Sus vidas se habían entrelazado, pero el sultán seguía llevando la voz cantante. Por eso lo obedecía, como estaba haciendo en ese momento, girando y haciendo que la sedosa gasa de su vestido se arremolinara a su alrededor.

–¿Así? –le dijo ella.

–Eso es, así.

Murat la miraba como si fuera un leopardo observando a un antílope al que está a punto de atacar.

–¿No es demasiado largo? –le preguntó ella–. ¿O demasiado corto?

–Podría pensar en muchas maneras de describir lo que llevas puesto, pero no quiero escandalizar tus inocentes oídos galeses.

Vio que ya parecía haberse olvidado por completo del partido de fútbol. Se apoyó en los cojines que cubrían el sofá sin dejar de mirarla.

–Es perfecto. Como tú. Y me basta con mirarte para desearte... –le confesó Murat.

–¿Otra vez?

–Siempre.

Podía ver el deseo en sus ojos negros y vio que se llevaba la mano a la entrepierna para tratar de detener una creciente erección.

–¿Por qué no vienes y compruebas con la boca cuánto te deseo?

Sus directas palabras consiguieron que se estremeciera de deseo también, pero se dio cuenta en ese instante de que algo había cambiado. Hasta ese momento, siempre había aceptado ese tipo de sugerencias y hacía lo que Murat le pedía como si fuera una obediente mujer de su harén. Cualquier otro día, se habría acercado a él y se habría arrodillado para hacer lo que le había pedido. Aunque después hubiera tenido que cambiarse de ropa otra vez, peinarse y volver a maquillarse.

Pero la idea de hacer algo así en ese momento no la atraía. Pensaba que quizás las hirientes palabras de su madre le hubieran afectado más de lo que había creído posible, más de lo que quería reconocer.

Negó con la cabeza y fue a sentarse junto a la ventana. Apretó las rodillas una contra otra para que Murat no viera que le temblaban.

—Ahora no. Si no te importa...

—¿Y si me importara? —repuso él.

No contestó su pregunta. No quería dejar que Murat terminara por convencerla. Se limitó a sonreír y mirarlo con un gesto de serenidad.

—Preferiría que me hablaras un poco más de Niccolo —le pidió—. No recuerdo cómo os conocisteis.

Murat se quedó callado unos segundos mientras la miraba con los ojos entrecerrados, como si estuviera tratando de decidir cuánto podía contarle.

—Da Conti es un donjuán de fama mundial —le dijo poco después—. Nos conocimos esquiando. Fue hace ya algunos años. Enseguida entablamos amistad porque tenemos algunos intereses en común. Junto con otros amigos, formábamos un grupo que participaba en carreras de coches. Entre ellos estaba el campeón de Fórmula 1, Luis Martínez —le dijo echándose a reír—. Éramos todos muy jóvenes y un poco... Un poco locos y salvajes.

Trató de no reaccionar al oírlo. A veces Murat le contaba cosas sobre su pasado que habría deseado no saber. Pero a veces no podía evitar hacerle alguna pregunta de manera impulsiva, aunque no quisiera saber la respuesta.

–¿Qué quieres decir con eso? ¿A qué tipo de locuras te refieres? –le preguntó–. ¿Acaso llegasteis a compartir mujeres?

–Bueno, nunca de manera intencionada y, desde luego, no al mismo tiempo –contestó Murat encogiéndose de hombros.

Le daba la impresión de que estaba orgulloso de su pasado y que le gustaba alardear de ello. Se preguntó si tendría la intención de recordarle que tenía mucho éxito con las mujeres y que, si quería, podría encontrar fácilmente muchas otras candidatas deseosas de ocupar el lugar de Catrin.

–¡Muy loable por vuestra parte! –le dijo ella con ironía.

–La verdad es que no –repuso Murat–. Tú me conoces, Cat. No me gusta compartir nada y, menos aún, compartir una mujer con mis amigos. Es algo que siempre acaba mal –añadió sonriendo–. Pero volviendo al presente, el caso es que Niccolo ha estado amenazándome con entrar en el negocio del petróleo desde que lo conocí y parece que por fin se ha comprado un pozo de petróleo en Zaminzar...

–Ese es el país que limita con la parte oriental del tuyo, ¿no?

Murat la miró con los ojos entrecerrados.

–¿Cómo lo sabes?

Su repentino cambio de tono le pareció algo inquietante y, por una vez, olvidó todas las normas que se imponía a sí misma durante los pocos momentos que podía pasar con Murat. Siempre trataba de ser como un bálsamo en su vida, nunca hacía nada que pudiera estresarlo. Pero ignoró sus buenas intenciones cuando un sentimiento casi beligerante comenzó a burbujear en su interior.

–Lo mencionaste tú mismo –le dijo–. A veces permites que tus dos mundos se fundan un poco e incluso llegas a mencionar cosas sobre tu otra vida. Tu vida en el desierto –añadió con más fuerza de la que pretendía.

Él se quedó mirándola unos segundos.

–Eso parece una queja.

–Pues no lo es. Sé que así son las cosas y lo acepto. Me limito a constatar un hecho, Murat. De hecho, tú fuiste el que me dijo que una persona siempre debe enfrentarse a los hechos.

–¿Yo dije eso?

Murat se puso de pie con los labios apretados. Supuso que la noche no estaba yendo como había previsto.

Y de repente, ella se sintió igual. No se había imaginado que las cosas fueran a desarrollarse de esa manera. Esperaba poder ofrecerle un ambiente cálido y tranquilo, como hacía siempre.

Sabía que estaba echando a perder el poco tiempo que tenía con él.

Decidió que era mejor cambiar de tema.

–¿Dónde vamos a ir a cenar esta noche? –le preguntó con una sonrisa.

Murat la miró y una sensación de remordimiento se apoderó de él al ver el súbito miedo en los bellos ojos verdes de Catrin. Había tenido que soportar que algunas amantes lo acusaran de ser cruel en el pasado, pero no era algo que hiciera intencionalmente. Y mucho menos con Catrin, que era la amante con la que más tiempo había estado y una persona muy importante en su vida.

Estaba convencido de que no intentaba hacer daño a nadie, no era mala persona, pero conocía sus limitaciones, eso era todo.

No creía en las emociones ni en los sentimientos, solo en su sentido del deber. No quería tener que analizar sus sentimientos. Su puesto como sultán de su país no le dejaba tiempo para ese tipo de cosas. Su padre le había inculcado lo que se esperaba de un rey del desierto. Conocía bien el futuro que se había trazado para él y aceptaba las restricciones que tenía. Había pensado que también Catrin lo había aceptado cuando él estableció las condiciones de esa relación desde el principio. Una relación que ya había durado más de lo previsto. De hecho, sabía que en Qurhah se hacían muchas preguntas acerca de la amante inglesa del sultán y de la importancia que podía tener en su vida.

Les había dicho a sus asesores que su vida íntima era privada y siempre se había negado a hablar de esos asuntos. Afortunadamente, su elevada posición y la fuerza de su personalidad habían garantizado su silencio, pero en el fondo sabía que no podía continuar con esa doble vida durante mucho más tiempo, sobre todo cuando su hermana ya estaba casada y esperando un hijo. Era ahora su propio futuro conyugal el que preocupaba en su país. Su pueblo quería que el sultán se casara y tuviera un heredero. Por eso había aceptado el último intento de emparejamiento, a pesar de que, desde un primer momento, algo dentro de él le había dicho que estaba destinado a fracasar.

Apretó la boca al ver los labios temblorosos de Catrin. Sabía lo que tenía que decirle, pero no encontraba el momento.

Lo último que quería era que su dulce amante galesa lo mirara con tanto dolor en sus ojos. Un dolor que su sonrisa no conseguía disfrazar. No soportaba ver cómo se oscurecían sus hermosos ojos verdes cuando ella lo miraba así.

Se acercó a donde estaba sentada, al lado de la ventana, se inclinó y la besó suavemente en los labios.

—Cat, sabes muy bien que preferiría pasar la noche aquí contigo y solo contigo, pero esta reunión es importante —le dijo con suavidad—. Y así además tendré la oportunidad de hablar con él de fútbol. Ya sabes que nadie aprecia tanto ese deporte como un italiano.

—Por supuesto, no puedes perder esa oportunidad —repuso Catrin con una sonrisa—. Si pudiera recordar la regla del fuera de juego, a lo mejor podrías hablar de fútbol también conmigo, pero siempre se me olvida. Tendré que estudiarme el reglamento.

Se relajó un poco al ver que estaba de mejor humor y acarició con ternura su sedosa melena.

—Me encantaría ver la cara de Da Conti si te pusieras a discutir con él sobre la regla del fuera de juego en el fútbol. Se quedaría boquiabierto —comentó él sonriendo—. Bueno, si no puedo convencerte para que me ayudes a secarme, supongo que tendré que hacerlo yo mismo y vestirme para la cena. No tardaré mucho.

Catrin se quedó donde estaba mientras él se cambiaba. Terminó justo a tiempo, sonó el timbre del apartamento en cuanto salió del dormitorio.

Al otro lado de la gran puerta de seguridad del piso los esperaban dos guardaespaldas que los acompañaron en el ascensor. El coche a prueba de balas de Murat estaba aparcado frente a la puerta de la calle, con un segundo vehículo listo para seguirlo de cerca.

Toda la operación de salida de la casa transcurría de manera perfecta y sin sobresaltos. Murat contaba con un equipo de seguridad muy profesional. Era algo que al principio le había sorprendido, pero Catrin ya se había acostumbrado.

Después de todo, su amante tenía riquezas con las que otros hombres no podían siquiera soñar. Era también importante y poderoso. Por eso era tan difícil llegar a hacer algo normal con él. Si querían ir a algún sitio, siempre debía acompañarlos todo un equipo de guardias y eso hacía que la gente los mirara fijamente fueran donde fueran. El único lugar donde realmente estaban a solas y a gusto era dentro del piso.

Murat le había asegurado que llevaba toda su vida comiendo en restaurantes de lujo y que ya le aburrían esos sitios, le había dicho que prefería pasar tiempo a solas con ella. Entonces, sus palabras habían conseguido halagarla, pero estaba empezando a preguntarse si debería haberle exigido algo más.

Frunció el ceño. Creía que quizás hubiera sido una locura conformarse como lo hizo con lo que Murat le había ofrecido. O, mejor dicho, con lo que no le había ofrecido. Aunque entonces no hubiera sido consciente, pensaba que a lo mejor había creído que algún día iba a conseguir hacerle cambiar de opinión y que se planteara abrirse al amor e incluso a la idea de casarse con ella.

—Ya hemos llegado —le anunció Murat cuando el coche se detuvo frente a un restaurante bastante discreto.

Era uno de esos lugares tan llenos de gente importante y famosa que pocas personas conseguían atraer la atención de los comensales cuando entraban.

Murat sí lo logró, por supuesto, pero ella ya estaba acostumbrada a que todo el mundo lo mirara donde quiera que fueran. Suponía que los culpables eran su atractivo sexual y esa arrogancia inconsciente que emanaba de su poder real. Sabía por propia experiencia que era una combinación bastante irresistible, casi letal.

Fueron hasta la mesa donde ya los esperaba Niccolo Da Conti y ella fue poniéndose cada vez más nerviosa.

Estaba sentado a una mesa en la parte trasera de la sala. Pudo ver a un hombre con el pelo oscuro y rizado y una sonrisa perezosa en la boca. Un camarero le estaba sirviendo en ese momento una copa de champán. A su lado estaba una mujer rubia, muy bella y con las piernas muy largas. Llevaba un pequeño y ceñido vestido plateado que brillaba contra su piel dorada. Vio que se había pintado las uñas a juego con el vestido y que sostenía una mano sobre uno de los muslos de Niccolo.

Sonrió al verlos, pero seguía nerviosa. Trató de calmarse, de recordar que nada había cambiado, que todo seguía como siempre.

–¡Murat! –exclamó Niccolo Da Conti poniéndose en pie y abriendo los brazos para saludarlo afectuosamente–. ¿Cómo está mi millonario favorito de todo Oriente Medio? ¿Te gustaría que te hiciera una reverencia?

–Lo que me gustaría es que no lo hicieras –repuso Murat echándose a reír–. Dos de mis guardaespaldas están sentados a una mesa cerca de aquí y prefieren que, si es posible, vaya de incógnito.

–¿Tú, de incógnito? Eso no es posible. Todos los ojos se han vuelto hacia ti desde que entraste en el restaurante. Y eso no es nada nuevo, siempre ha sido así –le dijo Niccolo mientras se volvía hacia ella sonriendo–. Y tú debes de ser Catrin. No puedo creer que no nos hayamos conocido hasta hoy, he oído que Murat te mantiene escondida para que nadie más pueda acercarse a ti. Y ahora que te veo, entiendo perfectamente por qué. Es un placer conocerte al fin, Catrin.

–Deja ya de coquetear, Niccolo –le dijo Murat–. Y preséntanos a la dama.

La dama a la que se refería Murat era la novia noruega de Niccolo. Se llamaba Lise y, aunque parecía una supermodelo, resultó ser un auténtico genio de las finanzas que trabajaba en una empresa de fusiones y adquisiciones. Era imposible no admirar a una mujer que había conseguido su primer millón con solo veinticinco años. No pudo evitar sentirse inferior ante tantos logros profesionales y una belleza rubia que parecía brillar sin apenas esfuerzo.

Catrin sonrió algo nerviosa mientras se sentaba a la mesa.

–¿Y tú a qué te dedicas, Catrin? –le preguntó Lise en cuanto les sirvieron las bebidas y los dos hombres se pusieron a hablar de parques eólicos.

La otra mujer la miraba con interés mientras esperaba una respuesta. Era difícil no sentirse algo incómoda. Odiaba esa parte. No sabía qué responder. Era una pregunta que todos le hacían, fuera donde fueran. La verdad era que ella había estado trabajando en hostelería hasta que Murat había conseguido imponer su voluntad y convencerla de que era mejor que lo dejara, que no iba a permitir que su horario los mantuviera separados cuando él la visitaba en Londres.

Y ella lo había aceptado, había dejado de trabajar porque le había parecido una locura no hacerlo. Había pensado entonces que era una tontería perder el tiempo para ganar solo una miseria mientras ese rico sultán la esperaba en casa con impaciencia.

–Solía trabajar en el mundo de la hostelería –le dijo a Lise–. Pero ahora mismo no estoy trabajando.

–¡Qué suerte tienes! –exclamó Lise–. Daría cualquier cosa por no tener que levantarme temprano cada mañana.

Se acercó entonces el camarero y todos pidieron la

comida y varias botellas de vino. Pero ella se limitaba a beber agua, siempre lo hacía. Hablaron de Londres, de política y también de la obsesión que los estadounidenses tenían con la familia real británica. Después, los dos hombres comenzaron a discutir sobre los precios del petróleo.

Lise se volvió entonces hacia ella, levantando las cejas con una expresión bastante cómica.

—Bueno, supongo que ya no cuentan con nosotras —le dijo—. Ahora podemos hablar de las cosas de las que nos gusta hablar a las mujeres.

—Supongo que tienes razón —repuso ella con algo de inquietud.

Al principio mantuvieron una conversación muy amable y neutral. Lise le preguntó el nombre de su peluquería y hablaron durante unos minutos de ese sitio. Esa parte fue fácil.

Después, Lise halagó el colgante de lapislázuli que llevaba Catrin y le preguntó dónde se lo había comprado. Pasó los dedos por la bella piedra azul antes de contestar.

—Me lo regaló Murat por mi cumpleaños.

—¿En serio? Tiene muy buen gusto.

—Sí —reconoció Catrin.

Recordaba perfectamente cómo se había sentido cuando Murat le colocó el colgante la noche que se lo regaló.

—Sí, tiene un gusto excelente.

—¿Lleváis mucho tiempo juntos?

Vio que la conversación se hacía más personal y peligrosa. Apartó la mano del colgante. Tomó su vaso. A veces deseaba tener el valor suficiente para beber un vaso de vino. Creía que el alcohol la ayudaría a calmar los nervios en situaciones como en la que estaba en esos momentos. Pensaba que esa era una de las razones por las que la gente bebía. Al menos la mayoría de la gente.

—Algo más de un año —le dijo.

—Más tiempo de lo que pensaba —reconoció Lise.

Se quedaron un momento en silencio. Después, la novia de Niccolo la miró con los ojos entrecerrados.

—Está claro que eres una mujer muy pragmática.

Catrin se sintió algo desconcertada ante una descripción tan inesperada. Le parecía extraño que se refiriera a ella en esos términos alguien a quien acababa de conocer. Se volvió un segundo hacia Murat, pero estaba muy ocupado hablando de fútbol con Niccolo y completamente absorto en su conversación con él.

—¿Por qué lo dices? —le preguntó Catrin.

—Bueno, ya sabes... —repuso Lise encogiéndose de hombros—. ¡Me imagino que no puede ser nada fácil para ti!

—¿Cómo?

—Me refiero a toda la presión que Murat recibe en su país para que encuentre cuanto antes una novia adecuada y se case.

Se esforzó por mantener la sonrisa en su sitio mientras escuchaba su explicación. Aunque la palabra que Lise había usado, «adecuada», le recordaba que ella no lo era, que nunca podría serlo.

—Si estás hablando de la princesa Sara, Murat ya me ha hablado de ella —le dijo tratando de no mostrarse como si estuviera a la defensiva—. Sé que estuvieron prometidos, pero que al final la boda no se celebró. Y Murat lo superó bien. De hecho, mejor que bien.

—Pero yo pensaba...

La voz de Lise se fue apagando y no terminó la frase. De repente, la joven noruega bajó la vista y centró toda su atención en el salmón ahumado que tenía en el plato.

Se quedaron en silencio y Catrin sintió que se le aceleraba el corazón. Se sentía como Eva debía de haberse sentido mientras miraba la manzana prohibida, incapaz de resistir la tentación de probarla, pero sabedora también de que no iba a darle más que problemas.

–¿Qué es lo que pensabas? –le preguntó en voz baja.

Lise negó con la cabeza.

–Nada, no es nada.

–Por favor –insistió Catrin–. Me gustaría saber a qué te referías.

Lise miró de reojo a los dos hombres, como si quisiera comprobar que no estaban escuchándolas. Después, se encogió de hombros.

–Desde que Niccolo adquirió su último entretenimiento, he podido aprender bastante sobre esas regiones del desierto.

–¿Qué entretenimiento?

–Me refiero a su pozo de petróleo. Al menos no ha comprado otra compañía aérea o un equipo de fútbol, pero por desgracia, el pozo nos obliga a pasar más tiempo en Zaminzar de lo que me gustaría –le dijo Lise con una mueca–. Allí hace demasiado calor y la gente se escandaliza si tu ropa muestra más piel de la cuenta.

Le pareció una queja un poco absurda. Como la gente que se quejaba por tener que llevar ropa de abrigo a Alaska, pero no dijo nada. Quería saber por qué Lise le había dicho que parecía una mujer muy pragmática, algo que le había sonado más como un insulto que un halago.

–¿Y qué es lo que has oído acerca de Murat estando allí? –le preguntó.

Lise dejó el tenedor en el plato, su salmón ahumado seguía intacto.

–Que su pueblo está ansioso, esperando que les dé

cuanto antes un heredero. Hasta que suceda, consideran que la dinastía de Murat es inestable.

–Creo que siempre ha sido así. No es una novedad.

–No, pero parece que empieza a tomárselo más en serio. Por eso ha estado Murat en Zaminzar durante estas últimas semanas –continuó Lise–. Se ha estado reuniendo con la hija del rey de allí para hablar de la posibilidad de casarse con ella. Pero todo esto ya lo sabías, ¿verdad? Al parecer, es toda una belleza.

Catrin sintió que desfallecía, que se mareaba. Comenzó a verlo todo algo borroso. Era como si se le hubiera subido de repente la sangre a la cabeza y no pudiera oír bien lo que le decían, sus oídos solo parecían capaces de percibir un ensordecedor rugido que le estaba dando dolor de cabeza. Pero, sin saber cómo y a pesar de todo, logró mantener una sonrisa en su boca. Una sonrisa estúpida que no significaba nada.

–Sí, algo había oído –le dijo como si el tema no le preocupara.

–¿De verdad? –preguntó Lise abriendo sorprendida la boca–. ¿Y no te molesta?

Durante un segundo, tuvo la tentación de decirle la verdad, de confesarle que en realidad no lo sabía, que era la primera noticia que tenía al respecto.

Claro que le molestaba saberlo, no entendía cómo esa mujer podía preguntarle algo así. Saber que el hombre al que amaba estaba cortejando a otra joven y que él ni siquiera hubiera sido lo suficientemente valiente como para molestarse en decírselo...

Se preguntó cómo reaccionaría Lise si le llegara a confesar lo que sentía entre lágrimas y gritos de dolor y angustia. Porque eso era lo que tenía ganas de hacer.

Y todo en medio de ese restaurante lleno de gente

famosa y poderosa. Tendría entonces que admitir que se sentía como una tonta. Peor incluso.

Se sentía como el tipo de mujer que aceptaba las migajas que le ofrecía un hombre, alguien dispuesta a aceptar cualquier cosa que le ofrecieran, como si no creyera que se merecía más. Después de todo, había sido siempre así. Estaba tan acostumbrada a aceptar su dura realidad que ni siquiera había sido consciente de lo poco que le ofrecían e incluso había llegado a pensar que era feliz.

Pero sabía que no tenía derecho a vengarse con Lise por lo que acababa de saber, eso habría sido simplemente como matar a la mensajera, se limitó a beber un poco de agua y a encogerse de hombros.

–Por supuesto que no me molesta –le aseguró–. No es ningún secreto. He sabido desde el principio que nunca iba a poder tener ningún futuro con Murat.

Lise la miraba con incredulidad.

–¿En serio?

–Claro que sí –contestó sonriendo–. Siempre he sabido que el sultán tendría que casarse con una mujer de sangre real y que esa mujer no podría ser yo. Por eso, ni Murat ni yo hemos hablado nunca de compromiso ni de futuro.

Le pareció que estaba hablando de manera convincente. Tanto que ella misma estuvo a punto de creer sus propias palabras. Se las había arreglado para hablar con ella de un tema tan doloroso como si estuvieran hablando del tiempo o de la comida que les habían servido.

–En eso te entiendo y brindo por ello –le dijo Lise levantando su copa–. Porque conseguir que Niccolo se comprometa de alguna manera con nuestra relación es como tratar de sacar agua de una piedra.

Pero la falsa camaradería entre Lise y ella hizo que de repente Catrin se sintiera patética. Como si fueran dos mujeres desesperadas que tuvieran que sentirse afortunadas por estar con dos solteros de oro y vivir siempre a su sombra, recogiendo sus migajas.

Supuso que era en eso en lo que se había convertido.

Durante un segundo, se sintió como si se estuviera observando desde el exterior, viéndose a sí misma como lo hacían otros. Era una mujer con un vestido muy caro y sin trabajo. Una mujer cuya vida transcurría esperando a un hombre que cada vez veía menos. No era así como quería que la vieran y no pudo evitar sentir desprecio por sí misma.

Se preguntó cuánto tiempo estaba dispuesta a continuar con una situación como esa, quizás hasta que Murat encontrara una esposa.

Movió su comida en el plato con el tenedor, pero no tenía apetito. Con bastante dificultad, se las arregló para aguantar con una sonrisa en la boca durante el resto de la cena.

De hecho, creía que estar haciéndolo tan bien que estaba orgullosa de su comportamiento. Después de todo, acababa de descubrir que su amante estaba buscando esposa mientras seguía con ella.

Creía que incluso se merecía una medalla por fingir tanta indiferencia cuando se estaba muriendo de dolor por dentro. Pensaba que, al verla, nadie podría adivinar que Lise y ella habían estado hablando de algo que no fuera moda, peluquerías o las películas que habían visto últimamente.

En un momento dado, se rio de manera tan escandalosa ante un chiste de Niccolo que Murat la miró con el ceño fruncido. Estaba claro que desaprobaba su actitud.

Y eso no hizo más que incrementar sus ganas de reír más fuerte y llevarle la contraria.

No le dijo nada hasta que estuvieron en el coche, ya de vuelta a casa. Cuando se volvió hacia ella, vio que no estaba demasiado contento.

–Bueno, ¿qué es lo que te ha pasado durante la cena? ¿Qué es lo que te llevó a reaccionar de vez en cuando con arrebatos de pura histeria, como si hubieras perdido la cabeza?

Se quedó callada unos segundos, no había pensado en lo que iba a decirle. Pensó en un millón de respuestas que podía darle ante un comentario tan grosero, pero una parte de ella seguía deseando arreglar las cosas con él y olvidarlo todo, como si nada hubiera pasado, como si Lise no le hubiera revelado nada, como si nada hubiera cambiado.

Pero había cambiado y lo sabía. Ya había tenido muchas dudas antes de que Lise le contara lo que sabía. Era algo que había empezado a cambiar desde que se diera cuenta de que estaba enamorada de él, porque el amor lo cambiaba todo. Le dolía no poder tener más y seguía soñando con que al final pudieran tener un futuro.

Pero no podía abrazarlo y olvidar que existía una princesa que podría convertirse muy pronto en su prometida. Sabía que tenía que enfrentarse a los hechos, tal y como le había recordado ella esa misma tarde.

Se dio cuenta entonces de que ni siquiera había puesto en duda la veracidad de lo que le había contado Lise. Y no lo había hecho porque sabía que era cierto. Eso explicaba muchas cosas sobre el comportamiento de Murat durante esas semanas, cosas en las que había preferido no pensar.

Durante los últimos meses, había espaciado más sus

visitas y a menudo le había parecido distraído cuando estaba con ella.

Sabía que tenía que esperar hasta que llegaran a casa para enfrentarse a él, sabía que no era apropiado discutir allí con él, cuando el conductor, que era de Qurhah, podía escucharlos. Pero no podía controlarse, todas las emociones que había reprimido durante demasiado tiempo amenazaban con salir a la superficie y no parecía capaz de hacer nada para detenerlas.

–¿Que qué me ha pasado? –le preguntó con voz temblorosa–. ¡Te voy a decir exactamente lo que me ha pasado! Lise me ha contado que has estado buscando una novia para casarte con ella. De hecho, sé que has estado entrevistándote con una en concreto durante este último mes. ¡En Zaminzar! Al parecer te interesa una bella princesa de ese país.

–Cat... –comenzó él a modo de advertencia–. Aquí no.

–¡Sí! Aquí sí y ahora mismo. Ahora no me extraña que reaccionaras tan a la defensiva cuando empecé a hablar de Zaminzar esta tarde –le dijo sin poder controlarse–. Y tengo mucha curiosidad por saber qué tipo de reunión has tenido con esa bella princesa. ¿Te has estado acostando con tu futura prometida justo antes de venir a Londres y hacer lo mismo conmigo?

Capítulo 4

A MURAT también le estaba costando controlarse mientras miraba el enojado rostro de Catrin. No estaba acostumbrado a que nadie lo cuestionara o le llevara la contraria. No lo hacía ni ella ni nadie.

Y lo peor de todo era que lo estuviera haciendo delante de su conductor.

Pero, por otro lado, se dio cuenta de que había pasado lo que tenía que pasar, que tenía que haber sido consciente de que no iba a poder seguir manteniéndolo en secreto. Todo el mundo hablaba de ello en el desierto, se rumoreaba que uno de los solteros más codiciados de la región estaba haciendo ya planes para casarse.

Sentía que había estado arrastrando durante mucho tiempo una gran carga de culpabilidad y, en cierto modo, casi debía alegrarse de que ya no tuviera que seguir ocultándolo.

—Dime la verdad, contéstame. ¿Te acostaste con ella antes de venir a verme?

Aunque el coche estaba en penumbra, podía ver cómo le temblaban los labios y se sintió muy culpable. Pero el chófer estaba a pocos centímetros de ellos y junto a él, iba además un guardaespaldas. Aunque habían sido entrenados para ignorar la vida privada del sultán, no tenía intención de hablar de su vida sexual delante de ellos.

—Hablaremos de eso cuando lleguemos a casa.

–Yo quiero hablar ahora.

–Ya te he dicho que no, Catrin –le espetó él–. ¿Cómo te atreves a reprenderme de esa manera? No pienso tener esta conversación contigo en público ni dar ningún espectáculo para beneficio de mi personal. Así que será mejor que contengas tus preguntas hasta que lleguemos a casa porque no tengo intención de responder a ninguna de ellas.

Murat se dio la vuelta y se puso a mirar por la ventana, un gesto que trataba de reforzar su intención de ignorarla hasta que llegaran a casa.

Creía que Catrin se había pasado de la raya, pero no le estaba dando la espalda solo para dejarle claro que no quería hablar con ella, sino porque no quería tener que ver el reproche en sus ojos ni quería pensar en cómo iba a terminar la conversación que iban a tener a solas.

Trató de recordar que estaba haciendo lo único que un hombre en su posición podía hacer. Después de todo, tenía que pensar en su país. Su dinastía era una de las más largas y puras de todos los estados del desierto. Pensó en su pueblo, en su sufrimiento y en la accidentada y sangrienta historia de su tierra.

Sabía lo que tenía que hacer. Le habían inculcado el sentido del deber desde que fue lo suficientemente mayor como para entender el significado de esa palabra. Sabía que tenía que comprometerse con una joven de sangre real y tener un hijo varón. Era lo que su propio padre había hecho y, antes de él, su abuelo.

Tenía que preparar el terreno para que la dinastía Al Maisan continuara al frente del país durante los siglos venideros.

Sobre el papel, no se trataba de una tarea difícil. Tenía treinta y seis años y estaba listo para las responsabilidades que conllevaba la paternidad. Aleya, la princesa de Zaminzar, era una joven hermosa y culta. Hablaba cuatro idiomas y tenía buenas caderas. Creía que no tendría problemas para darle varios hijos varones. Cumplía muchos de los requisitos necesarios, pero no todos.

Aunque ese último intento había fracasado, sabía que habría otros y no pensaba sentirse culpable por algo que Catrin había sabido desde el principio. Era el sultán de su país y tenía que llevar a cabo la función que se esperaba de él. Lo último que necesitaba era que su amante lo reprendiera.

Estuvieron en silencio hasta que el coche llegó a su edificio. El clima durante el viaje en ascensor hasta el ático fue igual de tenso. Tan pronto como él cerró la puerta del piso, Catrin se quitó los zapatos de tacón alto y los tiró al otro lado de la sala antes de girarse hacia él con el rostro desencajado por la ira.

–¡La verdad, Murat! –le dijo ella con voz temblorosa–. Quiero la verdad.

Por primera vez, Murat se sintió algo desconcertado, no sabía cómo tratarla. Nunca la había visto así. Catrin siempre había sido dulce y obediente. Si se hubiera mostrado en esos momentos como siempre, sabía que podría haber intentado convencerla con dulces palabras y besos para salir de ese atolladero.

Pero sabía que se estaba engañando.

Él también estaba enfadado. Fue a la sala de estar y se quedó mirando por la ventana las pocas estrellas que se veían por encima de las copas de los árboles.

–¿Murat? –lo llamó ella–. ¿Vas a responder mi pregunta?

Se volvió hacia Catrin antes de que ella tuviera la oportunidad de recomponerse y vio en su cara algo que se le clavó en la conciencia como un afilado cuchillo. Porque a pesar de todo, aún había esperanza en sus bellos ojos. Sabía que la esperanza era la última cosa a la que todo ser humano se aferraba, por duras que fueran las circunstancias.

Catrin quería que él le dijera que la entrometida novia de Niccolo Da Conti se había equivocado, quería que él le dijera que todo había sido un error, que no estaba buscando a ninguna otra mujer, que solo le importaba ella.

Pero no podía mentirle.

Después de todo, siempre le había dicho la verdad. La miró a los ojos.

—¿Qué es exactamente lo que quieres saber?

Catrin dudó un segundo, como si se estuviera dando cuenta de que no iba a haber vuelta atrás después de esa conversación.

«Así que no me preguntes», le rogó en silencio. «Deja que te lleve a la cama y te haga olvidar las preguntas con besos. Olvidemos lo sucedido esta noche y disfrutemos de lo que está a nuestro alcance».

—¿Has estado viendo a alguien con la intención de casarte con ella?

Murat hizo un movimiento impaciente con las manos.

—Toda mi vida adulta la he pasado conociendo a posibles futuras esposas —le dijo—. Y tú eso ya lo sabías, te lo conté y te hablé de la princesa Sara. Y también de las otras, las que no me parecieron adecuadas.

—Eso es solo una forma inteligente de evitar mi pregunta. Un simple sí o no es suficiente —repuso Catrin—. ¿Has estado tratando de conquistar a otra mujer?

Se quedó en silencio unos segundos.

—He estado en conversaciones con la hija del rey de Zaminzar, sí —reconoció al final—. Y con la idea de un posible matrimonio en mente, es verdad.

–Y, ¿te has acostado con ella?

Le hizo la pregunta en una voz tan baja que tuvo que forzar el oído para escucharla. La fulminó con la mirada a modo de respuesta. Pensó que quizás no fuera consciente de hasta qué punto estaba poniendo a prueba su paciencia. No iba a permitir que nadie lo interrogara como si fuera un delincuente.

Pero, una vez más, algo en sus ojos verdes consiguió conmoverlo.

–No, no lo he hecho. Y me sorprende que me hagas esa pregunta cuando ya te he dicho alguna vez que no me acuesto con más de una mujer al mismo tiempo.

–¿Te sorprende? –repitió ella sacudiendo la cabeza con incredulidad–. Eres increíble, Murat. ¡Increíble!

Sentía que cada vez le costaba más controlar la ira que lo iba quemando por dentro.

–No eres mi dueña –le recordó él–. Y no tienes derechos exclusivos sobre mí. Además, aunque hubiera querido acostarme con ella, no lo podría haber hecho porque el tipo de mujer con el que me voy a casar no entrega su cuerpo al primer hombre que se lo pide.

Hubo un largo silencio. Catrin no dejó de mirarlo a los ojos.

–Supongo que yo soy ese otro tipo de mujer del que hablas, ¿no?

Se encogió de hombros.

–Supongo que no debería haber dicho eso...

–No, es mejor así –lo interrumpió Catrin–. Es bueno para mí oír que distingues entre dos tipos distintos de mujeres. El tipo de mujer que se puede convertir en una esposa y el tipo que solo sirve para ser tu amante.

–¡Nunca te prometí un futuro ni la posibilidad de que llegara a casarme contigo, Catrin! –se defendió él–. Te lo dejé muy claro desde el principio. Te dije que nuestra relación solo podía ser temporal. ¿No lo recuerdas? ¿Pensabas acaso que no hablaba en serio?

Catrin lo miró y sintió que parte de su ira empezaba a evaporarse. Se obligó a reflexionar sobre lo que le estaba diciendo. Era verdad que Murat le había dicho todas esas cosas. Había sido honesto con ella desde el primer momento. Le había dicho que ella podía ser su amante, pero nunca su prometida. Y ella le había asegurado que le parecía bien. Incluso había logrado convencerse a sí misma de que ese era el tipo de relación que quería, que era lo suficientemente moderna como para no preocuparse por lo que la gente consideraba normal.

Pero en algún momento, había sucedido lo más inesperado y Murat le había empezado a importar de verdad. Eso no había formado parte del plan. Había estado tan preocupada por aferrarse a él que se había concentrado en convertirse en la clase de mujer que creía que Murat deseaba que fuera. Una especie de geisha sexy. Había puesto las necesidades de él antes que las suyas. Siempre se había mostrado sonriente, sin quejarse nunca, lo había aceptado todo.

Por eso se daba cuenta de que no tenía motivos para reprenderlo por su comportamiento, cuando Murat se había limitado a hacer lo que ya le había dicho que iba a hacer.

Había estado buscando una esposa.

Se dio cuenta de que era estúpido despotricar de esa manera cuando lo que estaba haciendo era lo inevitable. Tenía que asumir que Murat no iba a renunciar a su posición para casarse con una joven de clase obrera de un pueblo de Gales. Una mujer que no había conocido a su padre y que tenía una madre alcohólica.

Murat seguía mirándola. Respiró profundamente y trató de recuperar la compostura.

—Sí, es verdad. Me dijiste que tenías que encontrar

una esposa adecuada –le dijo ella casi con calma–. Lo he sabido todo el tiempo y debería haber previsto que esto iba a pasar. No sé por qué he reaccionado así.

Pero lo sabía perfectamente. La culpa la tenía el amor. Ese sentimiento inesperado y no deseado que estaba haciendo que se comportara de esa manera.

–Y yo debería habértelo contado –reconoció Murat.

Se obligó a mirarlo a los ojos, rezando para que no pudiera ver su dolor.

–Pero entiendo que no lo hicieras porque sabías que eso significaría el fin de nuestra relación.

–Sí –repuso Murat.

Se quedaron en silencio unos segundos. Después, vio decisión en su rostro. Murat estaba acostumbrado a obtener todo lo que deseaba.

–Pero, por otra parte, no tiene por qué ser así. Esto no tiene por qué terminar, Catrin.

Por un momento, pensó que lo había oído mal. Lo miró con confusión.

–¿Cómo?

–Nada tiene que cambiar. Puedo vivir la vida que esperan de mí en Qurhah y seguir contigo aquí. Podríamos hacer que esto funcionara. Sé que podemos.

Ella lo miró fijamente.

–¿Quieres que siga aquí y sea tu amante?

–¿Por qué no? Es algo muy común entre los hombres que se encuentran en mi posición y tú me dijiste desde el principio que no estabas interesada en tener una relación normal.

Sintió que se le revolvía el estómago. Recordaba habérselo dicho, tenía razón, pero nunca había imaginado que un día Murat iba a usar esas palabras en su contra para conseguir lo que quería.

Con piernas temblorosas, se acercó a la ventana y la

abrió, pero el aire caliente de la noche no consiguió que se sintiera mejor. Podía sentir las gotas de sudor frío en la frente mientras miraba hacia el oscuro parque. Tenía un enorme nudo en la garganta, era como si alguien estuviera tratando de estrangularla.

Empezaba a entender que eso era lo que pasaba cuando se aceptaban las condiciones de un hombre sin pedir nada a cambio. Murat no parecía siquiera haberse parado a pensar que su sugerencia era ofensiva. Solo estaba pensando en lo que él quería y le había quedado muy claro que no quería renunciar a ella.

Pero cuando se paró a pensar en ello, se dio cuenta de que Murat no tenía ningún motivo para no ofrecerle algo así. Después de todo, ella había estado dispuesta a aceptar muy poco de él desde el principio. El amor que sentía por Murat la había convertido en una mujer que apenas reconocía.

Ella le había ofrecido el refugio de paz y tranquilidad que Murat siempre había anhelado, un lugar de descanso lejos de su ajetreada vida en Qurhah.

Siempre lo recibía con los brazos abiertos, dedicándose por completo a él desde que entraba en el ático.

Hasta ese momento, nunca le había molestado con preguntas incómodas ni le había pedido nada. Incluso cuando le hacía regalos, solo los aceptaba porque eso parecía agradarle a Murat. No estaba con él por las joyas ni por la ropa de alta costura. Había disfrutado viviendo con él y no se había quejado nunca. Lo único que había conseguido así era convertirse en una especie de felpudo humano.

La verdadera Catrin, esa persona fuerte que había dado media vida para proteger a su hermana pequeña, había desaparecido por completo.

No sabía dónde estaba esa joven que tenía que hacer

la compra después de salir del colegio y que vigilaba a Rachel como un halcón para que estudiara y creciera feliz, ajena al drama de tener una madre alcohólica.

Pensó que tal vez hubiera llegado el momento de redescubrir quién era y de demostrarle a Murat que no podía pisotearla.

Se volvió hacia él con una inesperada sensación de calma en su corazón.

–Puede que sea aceptable para el sultán que siga teniendo una amante estando casado. A lo mejor es incluso normal, en esas circunstancias, tener varias amantes. No lo sé –le dijo ella con firmeza y mirándolo a los ojos–. Supongo que un hombre con tu energía y vitalidad podría incluso estar con más de una mujer al mismo tiempo, pero tendrás que perdonarme si no acepto tu tentadora oferta.

Murat entrecerró los ojos.

–¿Estás siendo sarcástica?

–¿Por qué lo dices? ¿Porque me estás ofreciendo que tenga un minúsculo papel en tu vida? ¿Porque quieres que siga esperándote con una sonrisa mientras eliges a otra mujer para que sea tu esposa? ¿Por qué iba a recurrir al sarcasmo, por Dios? –le preguntó con una sonrisa muy sarcástica–. Ahora, si me disculpas, tengo que hacer las maletas.

–¿Hacer las maletas? –repitió Murat sin comprender lo que le estaba diciendo.

Renunció a su falsa sonrisa. Ni siquiera entendía por qué se molestaba en seguir fingiendo cuando ya los dos habían puesto las cartas sobre la mesa.

–Sí, tengo que hacer las maletas –insistió ella–. Puede que seas un sultán, pero ahora mismo te estás comportando como un niño mimado que quiere tenerlo todo. Si de verdad crees que estoy dispuesta a compartirte con otra mujer es que no me conoces y deberías ir a un psiquiatra cuanto antes.

Se dio la vuelta y fue hacia el dormitorio. Era consciente de que Murat la estaba siguiendo. Podía sentir su presencia detrás de ella, dominando el espacio a su alrededor como siempre lo hacía. Sus palabras la detuvieron antes de que ella tuviera siquiera la oportunidad de recordar exactamente dónde había puesto su maleta pequeña, lo único con lo que había llegado a Londres cuando Murat la sacó de Gales.

—No quiero que te vayas —le dijo Murat.

—No me extraña.

—Catrin, no te estás enfrentando a los hechos —repuso él—. Aún no tengo una novia, no hay nadie con quien quiera casarme.

—Por ahora no, pero no tardará en ocurrir.

—Es verdad —reconoció él mientras la miraba—. Pero no va a ocurrir nada este fin de semana. No hay prisa.

—¿Qué quieres decir con eso?

—Que, en realidad, nada ha cambiado. Estamos hablando de algo hipotético, sobre algo que puede que suceda o no. No quiero que te vayas. Y, sobre todo, no quiero que te vayas así, enfadada y en mitad de la noche sin un sitio adonde ir. Creo que lo que hemos compartido se merece algo más que un final así, ¿no?

Ella sacudió la cabeza.

—No hay otra alternativa.

—Sí que la hay. Si te voy a perder, ¿no podemos al menos decirnos adiós de manera civilizada? Creo que se lo merece todo lo que hemos compartido estos meses, toda esa pasión... —le dijo Murat con lo que parecía verdadera emoción—. La mayor pasión que he tenido en mi vida.

—No —respondió ella tratando de ignorar su intensa mirada y la reacción de su propio cuerpo—. No, Murat.

–¿Por qué no?

Por un momento, no respondió. Solo podía pensar en lo estúpida que había sido. Se sentía como si hubiera abierto por fin los ojos y pudiera ver su vida por primera vez con claridad.

Se dio cuenta de que no había sido tan moderna como había pensado. No se había limitado a ser la amante perfecta del sultán, sino que además había estado alimentando sueños imposibles en secreto durante todos esos meses. Había permitido que ese hombre, que no le había prometido nada, se hiciera con su necio corazón. Se había enamorado de alguien que siempre iba a estar fuera de su alcance.

Creía que, si estaba sintiendo dolor en ese instante, ella era la culpable, no Murat.

–¿Por qué no? –insistió Murat–. ¿No podemos tener al menos un último fin de semana juntos? Dos días para decirnos adiós... ¿No tenemos derecho a eso, Cat?

Ella lo miró. Se fijó en esos labios que había besado mil veces y en unos ojos que ardían con deseo. El corazón le dio un vuelco. Se dio cuenta de que no iba a volver a ver esa cara llena de pasión ni a sentir el calor de su abrazo mientras inclinaba la cabeza para besarla.

El dolor la atenazó por completo mientras consideraba sus opciones. Podía hacer la maleta y pedir un taxi que la llevara a algún hotel cercano, donde podría enterrar la cabeza en la almohada y llorar a lágrima viva. Después, tendría que recuperarse y comenzar una nueva vida sin él.

Pero en el fondo no tenía fuerzas para tanto drama. Ya había tenido demasiado durante su infancia. Vio que ya era medianoche y pensó que quizás Murat tuviera razón. No quería dar por terminada esa relación como si todo hubiera sido un error.

Decidió que intentaría que todo acabara con el

mismo desapego emocional que habían tenido desde un principio. Después de todo, Murat no sabía que ella se había enamorado de él y, si se iba esa misma noche dando un portazo, le estaría confirmando lo que sentía y no quería hacerlo.

Lo último que deseaba era que Murat la recordara de esa manera, enfadada y dolida.

Decidió que tal vez fuera el momento de demostrarle que no era una víctima indefensa, que tenía suficiente fuerza y experiencia como para no dejar que nada la derrotara. Había crecido luchando contra viento y marea y, a pesar de todo, había logrado salir adelante. Creía que esa era la verdadera Catrin.

Aunque en realidad no sabía si iba a ser lo suficientemente fuerte como para mantener esa fachada.

Lo miró fijamente antes de hablar.

–Un fin de semana –le dijo ella–. Nada más.

–Cat...

Murat dio un paso hacia ella, pero ella sacudió la cabeza.

–No, Murat. No estoy de humor para que trates de arreglar las cosas en la cama. Estoy cansada y necesito un poco de espacio. De hecho, voy a darme un buen baño antes de acostarme. Así que, por favor, no me esperes levantado.

Pasó junto a él para ir al baño y, aunque su corazón latía a mil por hora, se sentía tranquila. Acababa de hacer algo impensable, se había resistido a sus encantos. Era cierto que había aceptado su propuesta, pero Murat estaba a punto de descubrir que, por primera vez, iba a ser ella la que impusiera sus condiciones.

Salió del dormitorio con una sensación de triunfo y vio que Murat no podía ocultar su sorpresa.

Capítulo 5

YA TE dije que no me esperaras levantado.

Murat, que había estado leyendo unos papeles en la cama, levantó la vista y se encontró con Catrin a la puerta de su dormitorio. Se había recogido su pelo oscuro en una especie de moño en la parte superior de la cabeza y aún tenía las mejillas sonrosadas tras el largo baño que se acababa de dar. Él mientras tanto había estado haciendo algo que no solía tener que hacer, esperar.

Catrin llevaba un albornoz corto, pero bien atado a la cintura. Se le fue la vista a sus maravillosas piernas. Le brillaban como si acabara de darles crema. Pero vio también que seguía enfadada.

Apartó los documentos en los que había estado trabajando y se recostó contra las almohadas.

–¿De verdad crees que iba a poder dormirme después de lo que acaba de suceder? –le preguntó él.

Ella se encogió de hombros.

–No tengo ni idea. Tu comportamiento ahora mismo es un misterio para mí, pero eso ya no será mi problema después de este fin de semana.

Se acercó a uno de los cajones y sacó un camisón. Catrin solo los usaba cuando viajaban. Pudo ver algo de piel cuando ella se quitó rápidamente el albornoz para ponerse el camisón de seda y encaje, pero solo duró un segundo.

–No sueles ponerte nada para ir a la cama –comentó él.

Catrin se enderezó y lo miró.

–Bueno, hoy no es un día normal, Murat. ¿No te has dado cuenta aún? –le preguntó mientras se soltaba el pelo e iba hacia el interruptor.

–No. No apagues la luz –le pidió él.

–Es tarde.

–Sé qué hora es.

Catrin apartó el edredón para meterse en la cama.

–Siento decepcionarte, pero sigo sin estar de humor para acostarme contigo.

Y lo cierto era que tampoco a él le apetecía. Le bastaba con tenerla allí y verla para estar excitado, sintió la reacción de su cuerpo cuando Catrin se metió en la cama junto a él, pero sabía que tener relaciones sexuales esa noche no era lo más adecuado. Aún tenían que aclarar cosas, había demasiada distancia entre ellos.

Se dio cuenta de que, cuando se sacaba el sexo de la ecuación, uno se veía forzado a ver las cosas de otro modo y con mucha más claridad.

Tenía que reconocer que había dado por hecho que Catrin siempre iba a estar allí para él, disponible cada vez que viajaba a Londres. Sonriente, cariñosa y dispuesta a dejar que Murat le arrancara su costosa ropa interior. Todas las mujeres con las que había estado le habían permitido que se comportara así. Había crecido en una cultura machista en donde los deseos de los hombres eran más importantes que los de ellas y nunca había tenido quejas por parte de ninguna mujer.

Catrin era la amante perfecta, siempre había puesto los deseos y necesidades de Murat por encima de los de ella. Esa parte había sido apasionante y muy satisfactoria, pero era esa nueva e impredecible Catrin la que estaba consiguiendo que su corazón latiera con más fuerza que nunca.

Se volvió para mirarla. Tenía los ojos cerrados y estuvo a punto de sonreír al ver la determinación en su cara.

–Mírame –le pidió.

–No quiero mirarte. Todavía estoy enfadada contigo.

–Lo sé. Y reconozco que tienes derecho a estarlo. Debería haberte contado lo que estaba pasando y creo que los dos sabemos por qué no lo hice. Pero ya no podemos cambiar el pasado –le dijo con suavidad–. Lo que quiero saber es si vamos a perder nuestro último fin de semana juntos discutiendo.

Catrin abrió entonces los ojos.

–¿Qué otra cosa podemos hacer en vez de discutir? Ya te he dicho que no estoy de humor... Como el sexo ha sido siempre la única forma de comunicación que tenemos, no me extraña que no sepas qué hacer.

Se inclinó sobre ella, inhalando el limpio aroma a jabón en su piel.

–¿Qué te parece un simple beso de buenas noches?

Catrin miró a Murat. Estaba a pocos centímetros de su cara y se sentía algo desorientada. Como si la noche se hubiera convertido de repente en día. Como si hubiera despertado de un sueño en un mundo nuevo que apenas reconocía. Todo lo que sabía era que el equilibrio de poder entre ellos había cambiado y estaba en un territorio desconocido. Él ya no era el que llevaba la voz cantante, no le exigía nada, sino que parecía estar pidiéndole permiso.

–Pero no va a ser solo un beso de buenas noches, ¿verdad? No creo que te quedaras satisfecho con eso.

–Puede que no, pero eso no quiere decir que no pueda hacerlo.

Algo en su respuesta hizo que tuviera que contenerse para no sonreír, pero le ofreció castamente su mejilla.

—De acuerdo, solo un beso.

Pero Murat atrapó su barbilla entre el pulgar y el índice e hizo que girara la cabeza para mirarlo. Vio el destello de algo que no había visto nunca en sus ojos antes de que inclinara la cabeza hacia ella.

Fue un beso de mariposa, suave y leve, pero suficiente para que todos sus sentidos se encendieran. Podía sentir el calor de su aliento mezclándose con el de ella y deseó ir más allá y dejarse llevar por el deseo. Todo su cuerpo se lo pedía a gritos. Podía sentirlo en sus pechos y en su vientre.

De manera casi automática, sin que pudiera hacer nada para evitarlo, llevó las manos hasta sus poderosos hombros y sus dedos se clavaron en su piel mientras Murat acercaba aún más su cuerpo contra el de ella.

Podía sentir su erección presionando con fuerza su vientre, quería separar los muslos y tenerlo dentro de ella. Pero, aunque el esfuerzo era inmenso, se obligó a apartarse de él.

La forma en que la miraba estaba haciendo que se sintiera muy vulnerable y se ruborizó. Hacía mucho tiempo que no veía esa expresión de complacencia en su rostro, no la había visto desde que lo conoció. El corazón comenzó a latirle con fuerza.

No sabía dónde estaba esa mujer que lo había regañado por su falta de modales, que lo había tratado como a un igual, aunque él había sido un cliente y ella, la camarera. Entonces no había sabido aún que él era un sultán.

Después, había permitido que su poder y posición la intimidaran. Le había cedido todo el control, se había vuelto débil, demasiado complaciente. No le extrañaba que él la hubiera empezado a tratar con poco respeto.

Con mucho esfuerzo, se apartó de él y se deslizó al otro lado de la cama.

–Solo un beso, ya te lo dije.

–¿Eso es todo? –le preguntó Murat con incredulidad.
Se sintió entonces muy poderosa.

–Eso es todo –le aseguró mientras le daba la espalda–. Buenas noches, Murat.

Por un momento, estuvieron en silencio. Después,
escuchó una especie de gruñido y él apagó la luz.

En vez de estar frustrada e inquieta, se sintió libe-
rada. Le gustó oír cómo Murat daba vueltas en la cama,
parecía muy incómodo.

Ella, en cambio, estaba tan agotada, tan desgastada
emocionalmente, que no tardó en dormirse.

Cuando abrió los ojos, vio que ya era la mañana siguiente y que Murat estaba despierto.

Estaba apoyado en un codo y la observaba. Cualquier
otro día, habría movido un dedo perezoso hasta sus labios, habría tocado su torso desnudo con una mano o se
habría acercado para darle un beso.

Pero, como le había dicho ella misma la noche anterior, todo había cambiado.

Se estiró bajo el edredón, consciente de la mirada
hambrienta que le estaba dedicando Murat y aliviada
sabiendo que no podía adivinar que también ella lo deseaba.

–¿Has dormido bien? –le preguntó Murat con algo
de frialdad.

–Como un bebé. ¿Y tú?

–Yo no he dormido bien –repuso–. ¿Cómo podría
hacerlo cuando estabas a mi lado torturándome? No ha
sido fácil no poder tocarte, sobre todo después de ese
beso de buenas noches que casi me deja sin aliento.

Recordó entonces ese beso, que no había sido tan
inocente como habría querido, y lo miró a los ojos.

–Entonces, gracias por contenerte y no tocarme.

–De nada –le dijo de mala gana.

Murat parecía tan confundido, nunca lo había visto así.

–¿Sabes que lo de anoche fue la primera vez que beso a una mujer sin tener relaciones sexuales con ella después?

–¿En serio? ¿Y cómo te sentiste?

–¿Cómo crees que me sentí? ¿Cuántas palabras existen en el diccionario para describir la frustración? –repuso Murat recostándose contra las almohadas y con la vista perdida en el techo.

Murat no había descansado nada esa noche, pero estaba orgulloso de haber sido capaz de contenerse. Incluso cuando Catrin, profundamente dormida, se había acurrucado contra él. Había sentido el calor de su cuerpo, invitándolo a abrazarla como había hecho muchas veces. Había tenido la tentación incluso de dejarse llevar por el deseo y hacerle el amor en ese instante, pero se había resistido.

Se había alejado de ella y había pasado minutos de verdadera agonía. Había olvidado sus propios deseos porque se había dado cuenta de que no tenía otra opción. No quería que Cat se despertara y descubriera que él estaba aprovechando que estaba dormida para hacerle el amor. Lo último que necesitaba era que lo acusara de abusar de ella.

Seguía desconcertado por todo lo que estaba pasando, nunca había tenido que preocuparse por los sentimientos de una mujer cuando él deseaba otra cosa.

La suave voz de Catrin interrumpió sus pensamientos.

–¿Café?

Fue un alivio que volviera algo de normalidad a una vida que parecía haber cambiado por completo.

–Sí, me encantaría –le dijo sonriendo.

Pero vio que ella sacudía la cabeza y parecía estar tratando de no reírse.

–Creo que no me has entendido. Mis días como criada han terminado, ya no voy a correr de un lado a otro para hacerte la vida más fácil. Creo que los dos necesitamos prepararnos para una nueva vida. Así que, ¿por qué no haces tú el café por una vez?

Por un momento, se quedó en silencio.

–¿Yo?

–Sí, tú.

–¿Hablas en serio?

–Por supuesto.

Después de unos segundos de indecisión, Murat se levantó de la cama, ignorando el hecho de que estaba totalmente desnudo y muy excitado. Le sostuvo la mirada durante unos segundos antes de ir en dirección a la cocina.

Catrin sabía que aquello era solo una pequeña victoria, pero era importante. Fue al cuarto de baño y trató de recomponerse un poco. Se quedó mirando su cara en el espejo.

Le parecía increíble que hubiera conseguido resistirse la noche anterior y que lo hubiera convencido esa mañana para intercambiar papeles con él. Todo lo que estaba ocurriendo le parecía casi un sueño. Pero recordó entonces que no era un sueño, era real.

Y, después de ese fin de semana, no volvería a verlo.

Estaba aterrada. Le costaba imaginar una vida sin Murat. No sabía cómo iba a llenar ese gran espacio, pero tenía que ser fuerte, no quería seguir viviendo su vida de esa manera, siendo la dócil y sumisa amante de un hombre que iba a casarse con otra.

Con decisión, se puso unos pantalones vaqueros y una camisa de seda. Fue a la cocina y se encontró a Murat vestido y sirviendo dos tazas de un café que olía fenomenal.

Era extraño verlo haciendo algo tan cotidiano. Se acercó a uno de los taburetes de la barra de desayunos y se sentó.

–Huele muy bien –le dijo mientras Murat le daba una taza y lo probaba–. Y está muy rico. Es curioso, nunca pensé que pudieras adaptarte a la vida doméstica con tanta facilidad.

–Tengo muchos más talentos de los que crees –repuso Murat–. Deberías haberme pedido antes que te hiciera el café.

Catrin asintió con la cabeza.

–Sí, creo que debería haberlo hecho. Pero como siempre has tenido servicio a tu disposición, no pensé que pudieras hacerlo.

–No se necesita ser astrofísico para descifrar las instrucciones que se encuentran en cualquier paquete de café –comentó él con ironía–. Y yo he aprendido a ser autosuficiente en el desierto.

–¿En serio?

–Sí, en serio. Incluso un sultán debe saber cómo valerse por sí mismo. He hecho comidas a partir de raíces y he preparado té dulce para todos mis hombres cuando hemos estado acampados. Es fundamental aprender a subsistir en preparación para la guerra. Allí aprendí también que todos los hombres son iguales en el desierto.

No se le pasó por alto la nota de repentina pasión en su voz. Supuso que le habría resultado difícil aprender esas lecciones a alguien que había crecido en un palacio.

Ella nunca le había dado la oportunidad de mostrarle lo que valía, no había tenido que mover un dedo cuando estaba con ella.

–El desierto debe de ser un sitio increíble –susurró ella con algo de melancolía en su voz.

–Lo es –reconoció él–. Y también es un lugar estéril e implacable, donde el instinto de supervivencia tiene prioridad sobre todo lo demás.

El corazón de Catrin comenzó a latir con fuerza al pensar en su propio instinto de supervivencia. No podía olvidarlo. Por mucho que le tentara la idea de abrazarlo en ese instante y fingir que nada había cambiado. Respiró profundamente y miró por la ventana. La luz del sol se derramaba sobre las macetas de flores de la terraza.

–Hace un día precioso.

–Sí, es verdad. ¿Qué quieres hacer?

Sabía la respuesta que Murat quería, la misma que ella estaba deseando darle. Quería volver a la cama y hacer el amor con él, quería que la besara y sentirlo dentro de ella.

Pero sabía que esa era la salida más fácil. Y en ese momento se sentía demasiado vulnerable como para arriesgarse a acostarse con él.

–Me gustaría hacer algo diferente y quiero decidirlo yo, para variar.

–¿Por ejemplo?

–Me gustaría ir a algún sitio sin guardaespaldas. Me encantaría tomar un taxi normal, ir al cine y comer palomitas sin que nadie sepa quién eres. Me gustaría fingir que somos como cualquier otra pareja.

–¿Quieres ser anónima? –le preguntó Murat–. Muy bien, me pongo en tus manos, Catrin.

Satisfecha y esperanzada, se terminó su café. Después, fue a vestirse para salir mientras Murat hablaba en voz baja con sus guardaespaldas. No estaban contentos, pero acordaron que se limitarían a darles una vigilancia muy discreta durante todo el día.

Para Catrin, todo aquello era otro pequeño triunfo. Sabía que no significaba mucho, pero estaba contenta. Creía que ese día estaba lleno de posibilidades y ella iba a ser la que tomara todas las decisiones.

Caminaron por Hyde Park y comieron cruasanes en una cafetería con vistas al lago Serpentine. Pasearon a lo largo de la orilla del río y fueron después hasta Covent Garden, donde se encontraron con una pequeña galería de arte que estaba casi vacía. Fue liberador poder caminar de cuadro en cuadro, hablando y comentando cada uno en detalle. Casi se le olvidó que había un guardaespaldas siguiéndolos discretamente.

Murat y ella hicieron cola en el cine y se dio cuenta de que era algo completamente nuevo para él.

Sabía que bastaría una palabra para que alguien les ofreciera los mejores asientos de la sala, pero ella no quería un trato especial. No deseaba que nadie supiera quién era él.

Lo quería para ella sola.

Después fueron hasta el barrio del Soho, mezclándose con la multitud de turistas y aficionados al teatro bajo las marquesinas y las luces de colores. Comieron pizza y fueron después a un bar tranquilo en una callejuela cercana, donde se sentaron en silencio mientras bebían refrescos.

En el taxi de vuelta a casa, Murat tomó su mano y le dio la vuelta para estudiar su palma como si estuviera leyendo su futuro. Sabía que era una tontería, pero el gesto consiguió emocionarla y tuvo que volverse rápidamente hacia la ventana para que no viera tristeza en sus ojos.

—Cat...

Parpadeó para ahuyentar las lágrimas que anegaban sus ojos. Después, se volvió hacia él.

–¿Sí?

–Las parejas normales suelen besarse en los taxis, ¿no?

Ella se encogió de hombros.

–No lo sé, no tengo experiencia en ese sentido.

–Ahora ya sí –le dijo Murat con voz ronca mientras la estrechaba entre sus brazos.

No fue un beso casto como el que habían compartido la noche anterior. Fue un beso lleno de lujuria y deseo. Se quedó sin respiración cuando él trazó con el dedo una provocadora línea sobre la cremallera de sus pantalones.

–Te deseo –susurró Murat–. Y si pudiera, te haría mía aquí mismo. Me gustaría bajarte los pantalones y estar dentro de ti. Quiero ver cómo te retuerces en el asiento y después echas la cabeza hacia atrás mientras gritas mi nombre. ¿Te gustaría, Cat?

–¡Ya basta! –protestó ella con la boca seca–. Déjalo.

–No quiero dejarlo y tú tampoco.

El coche se detuvo entonces y Catrin salió temblorosa del taxi. Esperó a que Murat sacara su cartera y pagara al taxista.

Frunció el ceño al ver que el conductor le daba algo de cambio y se disponía a irse de allí.

–Perdone, le hemos dado un billete de cincuenta libras, no uno de veinte –le dijo ella.

El conductor hizo un gesto de incomprensión, pero Catrin insistió y se mantuvo firme hasta que les dio el cambio correcto.

–Sabes de sobra que no me hubiera importado perder treinta libras –le dijo Murat mientras subían en el ascensor.

–Eso es lo de menos –repuso ella con los brazos alrededor de su cuello–. Es una cuestión de principios. No deberías tener que pagar más solo porque eres rico.

–Has estado muy bien, muy espabilada –le dijo Murat.

–Bueno, hay que serlo para poder sobrevivir en el mundo real.

Cerraron la puerta del piso dejando fuera a los guardaespaldas. Se volvieron entonces el uno hacia el otro y les faltó tiempo para quitarse la ropa sin dejar de besarse. Esa parte no fue nueva, pero lo que ocurrió después fue diferente.

Para empezar, a Murat le temblaban las manos mientras la desnudaba. Era como si su destreza y habilidad lo hubieran abandonado de repente.

Tampoco solía enmarcar su cara entre las manos mientras la miraba como si la viera por primera vez.

Y ella tampoco había tenido nunca que reprimir las lágrimas mientras hacían el amor como le estaba pasando esa noche. También tuvo la sensación de que el reencuentro era especialmente dulce y apasionado, quizás porque los dos sabían que el final de esa aventura estaba a la vuelta de la esquina.

Capítulo 6

EL SEXO había sido distinto.

Catrin se dio cuenta enseguida de que casi todo era distinto.

Envió un mensaje de respuesta al que acababa de recibir de su hermana y salió a la terraza. Allí estaba Murat, hablando por teléfono. Ya estaba atardeciendo y su ayudante en Qurhah, Bakri, solía llamarlo a esas horas. Normalmente eran largas conversaciones sobre los asuntos de Estado, pero ese día se levantó al oírla salir a la terraza y vio que la miraba de arriba abajo con aprobación en sus ojos. El corazón le dio un vuelco. Era el último día de su último fin de semana juntos. Dos días en los que todas las normas que habían regido su relación parecían haber cambiado por completo.

O quizás fuera simplemente su propia actitud lo que había cambiado. Se había mostrado fuerte y segura. Y eso había hecho que él se mostrara más como un igual.

Habían tenido una relación más estrecha esos últimos días, tocándose continuamente, aunque no estuvieran en la cama. Murat la había sostenido en sus brazos mientras veía un partido de fútbol e incluso había preparado un día la comida mientras ella leía junto a la ventana. Sus papeles se habían invertido durante ese fin de semana y cada vez entendía menos cómo había podido vivir pidiéndole tan poco a cambio.

Pero no podía echarle la culpa a Murat, cuando ella

había estado encantada de adaptarse a él en todos los sentidos.

Estaban siendo unos días tan maravillosos que una parte de ella deseaba poder quedarse. Nadie se lo impedía. Murat le había dicho una y otra vez que no quería que se fuera, pero tenía que recordar que seguían sin tener futuro. Solo le ofrecía ser su amante, al menos hasta que conociera a otra mujer más joven y bonita que la suplantara. Porque sabía que eso era lo que les pasaba a las amantes.

Venía de una familia y de una situación de la que cualquier hombre rehuiría, sobre todo un hombre tan poderoso como un sultán. No había llegado a conocer a su padre y su madre era alcohólica. Eso no podía cambiarlo.

Pensó de nuevo en el mensaje de texto que acababa de recibir de Rachel.

Estoy muy preocupada por mamá.

Catrin había sentido el mismo miedo de siempre al leer el mensaje. Había hecho todo lo que los trabajadores sociales y consejeros le habían recomendado.

Había llamado a su hermana mientras Murat estaba en la ducha y le había recordado que tenía que mantener las distancias y no perder la cabeza, que nadie podía evitar que un alcohólico bebiera si quería hacerlo. No quería que Rachel echara a perder sus vacaciones tratando de ayudar a alguien que no quería ser ayudado.

Le había dicho también que iba a viajar a Gales muy pronto y que entonces se haría cargo de su madre y del problema que tenía. Aunque la verdad era que no sabía cómo iba a hacerlo. No le atraía la idea de verse de nuevo envuelta en esa situación, pero sentía cierta lealtad hacia su madre, a pesar de lo que le había hecho sufrir durante toda su vida.

Y mientras tanto, tenía que enfrentarse a la amarga tarea de despedirse de Murat.

Vio que colgaba el teléfono y se lo guardaba en el bolsillo.

Lo miró y pensó que nunca lo había visto tan atractivo como en ese momento.

–Estás muy seria –murmuró Murat–. ¿Acaso te estás arrepintiendo de tu decisión de irte?

–No –le dijo con mucha más convicción de la que sentía.

–¿Estás segura? Porque no lo pareces. Piensa en lo fantásticos que han sido estos últimos dos días y piensa también en todos los que podríamos tener juntos en el futuro.

Le tentaba la idea. Después de todo, aún lo amaba, pero sabía que esa relación no era real. No podía conformarse con el hueco que Murat le dejaba en su vida, ya no podía hacerlo.

–Sé que sería maravilloso en muchos sentidos, pero no va a suceder. Así que te aconsejo que no pierdas el tiempo tratando de convencerme –le anunció ella.

Su oscura mirada se concentró en ella y no pudo evitar sentir un hormigueo en la piel.

–¿Y si te pidiera una extensión?

–¿A qué te refieres?

–¿Recuerdas que tenía planeado reunirme con el consorcio de parques eólicos en Italia?

–Sí. Pero pensé que era el mes que viene.

–Sí, así era. Pero, ¿y si me las hubiera arreglado para adelantar la reunión? ¿Y si te dijera que he convencido a Niccolo y Alekto para que cambien sus agendas y podamos volar todos a Umbría mañana mismo? ¿Quieres venir conmigo, Cat?

–¿Me estás diciendo que has conseguido que dos hombres tan poderosos como ellos cambien su horario para que puedas salirte con la tuya?

–No se trata de salirme con la mía, Catrin. No es un capricho. Estoy decidido a aferrarme a ti mientras pueda.

–Solo quieres estar conmigo porque sabes que el tiempo se está acabando y estás acostumbrado a hacer siempre lo que quieres.

– No, quiero estar contigo porque, desde que te conozco, nunca he dejado de desearte y creo que nunca lo haré.

–Murat...

–Pero incluso dejando de lado tu encanto, siempre he tenido muy clara tu habilidad para hacer de anfitriona en este tipo de ocasiones. Haces que el trabajo y los negocios sean algo casi divertido y la gente siempre se relaja más si hay una mujer cerca –le explicó Murat–. Solo dos días más, eso es todo. Piensa en ello. Dos días al sol de Italia sin ninguna otra preocupación. ¿No te tienta lo suficiente como para que cambies de opinión?

No podía creerse que le estuviera hablando del sol y de un viaje a Italia con todo lo que estaba pasando ella durante esos últimos días.

–Eres muy manipulador...

–A veces la manipulación es lo único que funciona –le dijo Murat abrazándola antes de que tuviera la oportunidad de protestar.

Cuando Murat la tocaba, sentía que sus defensas se debilitaban y, cuando la besó, estuvo a punto de derretirse. Mientras él deslizaba una mano bajo su sujetador, recordó lo diferente que estaba siendo el sexo esos últimos días. Era casi como si significara algo más, pero no podía olvidar que no era posible, que seguía siendo solo sexo.

Aun así, no protestó cuando Murat la llevó de la

mano para entrar en el piso y comenzó a desvestirla. Se lo permitió e incluso lo ayudó a quitarle la ropa cuando vio que a los dos les temblaban las manos.

Gimió cuando él la tocó, no pudo evitar retorcerse de placer en cuanto Murat comenzó a acariciar con un dedo su zona más íntima, que ya estaba caliente y húmeda, lista para él.

Impaciente, le rompió las braguitas y ella lo abrazó con fuerza, era increíble sentir una vez más su peso sobre ella. Esos encuentros eran cada vez más especiales, casi conmovedores, quizás porque el reloj seguía corriendo en su contra. Se preguntó si él estaría sintiendo lo mismo.

Vio en ese instante el destello de algo desconocido en sus ojos cuando se deslizó dentro de ella. No tardaron en encontrar su ritmo. Murat murmuró algo en su lengua materna mientras se movía. Eran palabras que le resultaban extrañas y la llenaban de una tristeza terrible, aunque su cuerpo seguía concentrado en lo que estaba ocurriendo y ya se sacudía con los espasmos de un orgasmo. Su cuerpo se tensó mientras Murat gritaba su nombre y lo abrazó con más fuerza, deleitándose en el placer que la invadía.

Pudo sentir cómo se vaciaba dentro de ella y en ese instante solo pudo pensar en que algún día su semilla daría fruto, pero no iba a ser con ella. Alguna otra mujer engendraría su hijo, pero nunca ella.

Murat le apartó un mechón de la cara y se levantó sobre los codos para mirarla fijamente.

–¿Qué dirías si te confesara que hoy ha sido uno de los mejores días de mi vida? Como lo fue ayer y el día anterior.

–Te diría que sabes muy bien qué decir para agradarme –repuso ella.

Murat sonrió, acercándola más contra su cuerpo.

–Ven a Italia conmigo, Catrin –le pidió–. Un último viaje al extranjero, juntos. Eso es todo.

–No puedo.

–¿Por qué no?

–Sabes muy bien por qué, no es una buena idea –le respondió ella–. Y deja de mirarme así, no va a funcionar.

–Cat...

No podía evitar estremecerse al oír cómo pronunciaba su nombre. Murat conseguía que algo tan sencillo tuviera un tinte erótico y comenzó a tener dudas sobre su decisión. Era algo que deseaba hacer y olvidó las razones que tenía para resistirte con tanta fuerza.

–Solo unos días –le advirtió ella–. Eso es todo. Y después, me voy.

A Murat le brillaron los ojos mientras le acariciaba el trasero.

–Por supuesto.

Capítulo 7

EL CAMPO italiano era una maravilla, pero Murat apenas prestaba atención a las verdes colinas cubiertas de olivos ni al brillo lejano del lago. Solo tenía ojos para la mujer que lo acompañaba y cada vez se sentía más frustrado mientras su caravana de coches avanzaba por la carretera.

Se fijó en su brillante melena caoba y después, en su cuerpo. Estaba completamente inmóvil. No estaba comportándose como esperaba de ella, como quería que se comportara. Algo que le sorprendía después de que hubiera cambiado de opinión para ir con él a Umbría.

Catrin había mantenido las distancias durante el vuelo y lo había hecho en todos los sentidos. Había sido educada, respondiendo cada vez que él le preguntaba algo, pero no había iniciado ninguna conversación.

Había estado leyendo casi todo el tiempo. Ya había guardado el libro, pero seguía sin hablarle. Y a él no le gustaba que las mujeres lo ignoraran, sobre todo cuando esa mujer en concreto se había mostrado siempre tan pendiente de él y se había comportado como una gata salvaje la última vez que habían hecho el amor...

Estaba con las manos cruzadas sobre su regazo. Nunca la había visto tan bella ni con un aspecto tan sereno.

Apretó frustrado los puños. No sabía qué le pasaba. Sentía que la deseaba más que nunca, quizás porque sabía que el final estaba a la vista o porque era demasiado competitivo como para rendirse, sobre todo cuando rara vez se le había negado nada.

La mujer en la que se había convertido desde que descubriera que estaba buscando a su futura esposa le había recordado a la Catrin de la que se había quedado prendado, esa bella y enérgica joven que tanto le había impresionado nada más conocerla. Una humilde camarera de un pequeño hotel de Gales que le había hablado de igual a igual.

Durante el último fin de semana, Catrin había sido como una mariposa revoloteando a su alrededor con el fin de ser admirada, pero permaneciendo todo el tiempo tentadoramente distante. Su relación había cambiado por completo y ella había sido la que había tomado las decisiones, había hecho que él tuviera que esperar por ella e incluso le había hecho sentirse inseguro. Algo totalmente nuevo para él. Y cuando por fin Catrin le había permitido volver a sus brazos, él había estado a punto de perder la cabeza.

Sacudió molesto la cabeza, no le gustaba tener que analizar su comportamiento. Le habían enseñado a ser implacable y fuerte desde niño. Le habían dicho que su papel era el de proteger a su país y ponerlo siempre por delante de sus propios deseos. Le habían inculcado que su destino era gobernar y no parecer nunca vulnerable. Y ese había sido siempre su lema.

A diferencia de su padre, no había tenido que vivir la guerra. Sobre todo porque no compartía la lujuria que había tenido su progenitor por conquistar nuevos territorios y porque había preferido utilizar la diplomacia internacional en vez de la fuerza.

Aun así, había tenido que vivir alguna batalla. Tenía grabado en su memoria el terrible enfrentamiento con insurgentes en Port D'Leo, cuando sus dos comandantes de más alto rango habían sido asesinados ante sus propios ojos. No podía olvidar cómo había sujetado la mano de uno de sus hombres mientras moría ni las entrecortadas palabras que le había dicho, pidiéndole que le dijera a su esposa cuánto lamentaba no vivir para llegar a conocer a su hijo. Se había sentido muy culpable e impotente al ver que no podía salvarlos.

Recordó entonces su dura infancia, la soledad de su vida en el palacio y el poderoso padre que nunca había estado presente. El poco tiempo que había tenido con él lo había utilizado para enseñarle a usar las distintas armas y algo de equitación. También le había enseñado su padre que las mujeres podían llegar a debilitar a un hombre y minar por completo su fuerza y su voluntad.

Pero no podía recordar ninguna muestra de afecto por parte de su padre. Tampoco había recibido demasiado cariño de su madre, que había sufrido depresiones durante años.

Pensó en Suleiman, el que había sido su mejor amigo y en quien había confiado plenamente. Pero este había dejado que una mujer lo manipulara y dejara de serle leal. Le había quitado a la mujer que iba a ser la prometida de Murat y la había hecho suya. Ya lo había perdonado, pero aún recordaba la amargura de verse traicionado.

Todas esas vivencias habían hecho que mantuviera siempre escondido su corazón, tratando de protegerlo de esa emoción que algunos hombres llamaban «amor». Creía que no se podía confiar en los corazones y pensaba que era mucho mejor mantenerse alejado de las garras de algo que parecía tener el poder de destruir lo que tocaba.

—¿Por qué no me hablas de la reunión que vas a tener aquí? —le sugirió Catrin de repente mientras cruzaba sus piernas.

Era difícil concentrarse en otra cosa que no fueran sus tobillos, pero Murat se esforzó en contestar su pregunta.

–Bueno, a Niccolo ya lo has conocido...

–Sí –contestó ella–. ¿Va a estar aquí con la encantadora Lise?

–No lo sé, no me lo ha dicho –repuso mirándola de reojo–. ¿Sería eso un problema?

–Bueno, creo que no tengo derecho a quejarme si viene. Además, se limitó a decirme la verdad. Si no hubiera sido por Lise, todavía estaría dando tumbos en la oscuridad, supongo que debería estarle agradecida. Hizo que me enfrentara a la verdad y viera cómo es nuestra relación. O cómo era... –se corrigió deprisa–. ¿Quién más viene?

–Alekto Sarantos –contestó él–. Lo vimos una vez en París, ¿lo recuerdas?

Catrin prefería no pensar en el pasado, pero no le quedó más remedio que hacerlo. Recordaba a un hombre con el pelo negro como el ébano y ojos azules. Había estado rodeado de mujeres, le había parecido más una estrella de rock que un hombre de negocios. Y aun así, se había mostrado aburrido, como si hubiera preferido estar en cualquier otro sitio.

Ella, en cambio, había disfrutado de cada momento. Había sido como un sueño hecho realidad. Estaba en la ciudad más romántica del mundo y estaba allí con Murat.

–Sí, lo recuerdo –susurró ella con un nudo en su garganta.

Bajó la cabeza para mirar sus manos. Era más fácil que perderse en sus ojos. Cada vez que lo miraba, deseaba tocarlo. Y cada vez que lo tocaba, sentía que la inevitable despedida se hacía más difícil aún. Llevaba todo el día pensando en ello.

Se había dado cuenta de que había sido un error ir a Italia con él. Era demasiado fácil caer de nuevo en el papel de ser la acompañante de Murat. Había decidido entonces que tenía que poner distancia entre ellos con el fin de protegerse a sí misma, pero no había sido fácil, no cuando el sultán le prestaba tanta atención.

–Mira –le dijo Murat de repente mientras señalaba con el dedo–. Nos estamos acercando a la finca Gardinello.

Vio por la ventanilla unas enormes puertas de hierro forjado que se abrían para dejarlos pasar. El coche avanzó lentamente por una pendiente hasta llegar a una casa de campo de color ocre. Bajaron del coche y Catrin se encontró con un patio soleado lleno de macetas de flores blancas. Un gato dormía plácidamente bajo la sombra de un olivo. Había jardines escalonados a ambos lados de la casa, con cipreses y cerezos. Respiró el aroma embriagador de las plantas y las flores. Era maravilloso.

–Mira detrás de ti –le dijo Murat en voz baja.

Se dio la vuelta para ver más olivares, viñedos y un huerto extenso lleno de árboles frutales. Allí había además una piscina infinita y, más allá, el lago Trasimeno.

De repente, se sintió sobrecogida por un poderoso sentimiento de melancolía, alimentado por la belleza del entorno y por el amor que sentía hacia el hombre que estaba a su lado.

Se puso las gafas de sol y trató de calmarse. Sabía que tenía que concentrarse en lo real, no en lo imposible.

Unos hombres sacaron su equipaje del coche. Sabía que dentro de la casa habría aún más gente preparando la comida y todo lo demás para que nada le faltara al sultán.

Los guardaespaldas fueron a comprobar el perímetro de seguridad de la casa para ver si todo estaba en orden. Los vio hablando por sus teléfonos móviles. Era increíble ver que se había acostumbrado a esa vida, a ser custodiada y protegida veinticuatro horas al día.

–¿Dónde están los demás? –le preguntó.

–Llegan más tarde.

–¿Cuándo? –insistió ella mirándolo a los ojos.

–¿Eso qué importa? Quiero pasar más tiempo a solas contigo, Catrin. Pero, sobre todo, quiero que cambies de opinión y te quedes conmigo.

–Eso no va a suceder –le aseguró mordiéndose el labio inferior–. Y no me lo estás poniendo fácil.

–Nunca fue mi intención ponértelo fácil, ¿cómo iba a hacer algo así?

No pudo evitar echarse a reír. No la sorprendía. Lo conocía lo suficientemente bien como para saber que era un gran manipulador. Usaba cualquier método o artimaña para asegurarse de conseguir lo que quería.

–Es verdad, no sé por qué esperaba algo distinto de ti.

–¿Por qué no te relajas y tratas de aceptarlo? Ven, deja que te enseñe todo esto. Creo que la belleza del campo italiano logrará borrar tanta tensión de tu rostro.

Murat estaba haciendo lo que tan bien se le daba, estaba tomando las riendas de la situación para tratar de recuperar su posición y que ella volviera a ser la mujer sumisa y generosa que había sido hasta entonces.

No estaba dispuesta a permitir que la tratara así, pero lo siguió por los caminos de grava que unían los distintos jardines, porque no sabía qué otra cosa podía hacer. Sus zapatillas de lona se hundieron en la hierba mientras andaban y era una delicia sentir el sol en su piel. Aunque había empezado el paseo de mala gana, tenía que reconocer que parte de la tensión que había acumulado en su interior empezaba a desaparecer.

Era extraño estar así con él, disfrutando de la belleza de esos jardines italianos sin pensar en el futuro. La luz del sol se reflejaba en su pelo y de vez en cuando lo miraba de reojo, obligándose a caminar lo suficientemente lejos como para no tocarlo siquiera de manera accidental.

Se sintió aliviada cuando volvieron a la casa principal, pero después Murat la llevó con él a una habitación con una espectacular vista de las colinas y volvió a ponerse nerviosa. Se quedó mirando la impresionante cama que dominaba el dormitorio.

Murat cerró la puerta y sintió que las paredes se cerraban sobre ella mientras él se le acercaba mirándola con esa lujuria que tan bien conocía.

–Te deseo, Cat –le dijo–. Tanto que ni siquiera puedo pensar con claridad.

Y ella también lo deseaba. Tanto que le dolía, pero no podía hacerlo, se negaba a seguir fingiendo.

Creía que, si hacía el amor con Murat, corría el peligro de confesarle impulsivamente lo mucho que lo amaba y eso la haría aún más vulnerable.

Ella había sido culpable de jugar un papel cuando vivía con él y creía que, si no tenía cuidado, iba a encontrarse haciendo lo mismo otra vez.

No se veía capaz de continuar teniendo relaciones sexuales con él y comportarse como si nada hubiera cambiado, como si el placer fugaz tuviera el poder de borrar la oscura realidad de perderlo. Temía que, cuanto más se diera a él, más vacía iba a quedarse ella.

Miró su duro rostro y fuerte cuerpo de guerrero. Murat era un hombre duro en todos los sentidos. Sabía que él no iba a llorar en su almohada cuando terminara su historia. A lo mejor estaría algo triste durante unos días o quizás pudiera llegar a echarla de menos, pero sabía que iba a seguir adelante con su vida como si nada hubiera pasado. Su importante vida como sultán de su país, donde nunca habría habido sitio para una plebeya de segunda fila como ella.

—No puedo hacerlo, Murat —le dijo en voz baja—. No puedo seguir...

—¿De qué estás hablando?

Dio un paso atrás, le aterrorizaba su proximidad. Creía que, si estaba al alcance de sus manos, no iba a poder resistirse.

—No quiero volver a acostarme contigo. Pensé que podría seguir como siempre hasta que llegara la hora de irme, pero me equivoqué. No puedo.

—Pero ¿qué ha sucedido para que cambies de parecer? Hicimos el amor en Londres, justo antes de venir. ¿Qué es lo que ha cambiado durante un vuelo de dos horas?

Se pasó la lengua por los labios, sabía que no podía seguir ocultando sus emociones. Si quería que la entendiera, iba a tener que decirle lo que sentía.

—Yo he cambiado —le confesó—. Me he dado cuenta de que es demasiado doloroso saber que estamos viviendo las últimas horas de nuestra relación. Cada beso que compartimos es como una despedida prolongada. Cada vez que me tocas, hace que me sienta cada vez más pequeña.

—¿Más pequeña?

Vio que no la entendía, que le costaba aceptar lo que estaba diciendo. Pero eso ya no le preocupaba, solo quería seguir siendo fiel a sí misma.

—Sí, me siento más y más reducida como persona.

—No te entiendo, Cat —le dijo con frustración en la voz.

–No necesitas entenderme. Cuando nos vayamos de aquí, ya no volveremos a vernos y mi papel en tu vida habrá terminado. No debería... No debería haber aceptado tu invitación, pero ya que estoy aquí, haré todo lo que esperas de mí. Seré la perfecta anfitriona una vez más, pero sin intimidad. A partir de ahora, esta relación tiene que ser platónica. Me duele demasiado como para que permita que sea algo más. Así que, si me disculpas, voy a deshacer la maleta y ducharme. Tengo que prepararme para cuando lleguen los invitados.

Capítulo 8

ESTABAN cenando alrededor de una mesa que habían situado bajo una pérgola cubierta de jazmines. Hacía una noche muy agradable y la comida era deliciosa. La luz de las velas daba un brillo especial a la cristalería y a la cubertería de plata. Catrin trataba de concentrarse en la belleza que la rodeaba para no pensar en nada más.

Tomó un sorbo de su vaso de agua y miró las estrellas que brillaban en el cielo. Habían comido pequeños soufflés de queso, langostinos y, de postre, sorbetes de melocotón que les acababa de servir una joven italiana.

Los tres hombres habían estado hablando de parques eólicos durante casi toda la velada, pero ella no había prestado demasiada atención al tema.

No había sido un día fácil, pero creía que Murat no podría negarle que había sido todo un éxito. Habían recibido a sus invitados como una pareja unida y se las habían arreglado para disimular la tensión que había surgido a raíz de la confrontación que habían tenido en el dormitorio esa tarde.

Alekto Sarantos había llegado en un avión privado desde la isla griega de Santorini y lo acompañaba una atractiva pelirroja llamada Suzy que se aferraba a su brazo como si no pudiera soportar estar sin él. Y a Catrin no le extrañó que lo hiciera, el multimillonario griego era tan atractivo como lo recordaba.

Suzy y él habían ido directamente a su dormitorio nada más llegar a la casa, saliendo varias horas más tarde con los ojos brillantes y riendo en voz baja. No podía ser más evidente lo que habían estado haciendo y a Catrin no se le pasó por alto la fría mirada que le había lanzado Murat al ver a la otra pareja así de acaramelada.

Niccolo llegó solo. Había volado directamente desde Nueva York y le pareció que había estado bastante distraído durante todo el día. Pero durante la cena, Catrin lo tuvo sentado al lado y disfrutó mucho conversando con él. Le habló de cómo había conocido a Murat en las pistas de esquí hacía ya una década y también le contó cómo había sido crecer en Milán. Cuando llegó la hora del postre, bajó la voz para que solo ella lo pudiera oír.

–Quería disculparme por la conducta que tuvo Lise contigo la otra noche –le confesó Niccolo.

No se le había olvidado cómo las palabras de su novia habían puesto fin a su mundo de fantasía.

–Gracias, pero no pasa nada, Niccolo. Podría haber venido contigo –respondió Catrin–. No me hubiera importado, de verdad.

–Pero a mí sí –le dijo con firmeza–. No me gustan las mujeres que disfrutan de las desgracias de otras personas.

Catrin consiguió no dejar de sonreír, pero no le gustó que le hablara como si fuera una especie de víctima.

–En realidad, creo que me hizo un favor –le dijo–. A veces, creo que es mejor decir las cosas claramente.

Pero la expresión del italiano se mantuvo impenetrable mientras negaba con la cabeza.

–Al contrario –respondió Niccolo–. En mi país los secretos son tan importantes como el aire que respiramos –añadió mientras miraba a Murat y después otra vez a ella–. Pero es obvio que ya lo has perdonado.

Catrin se fijó en su sorbete de melocotón antes de contestar. Sabía que Niccolo y Murat eran amigos, pero no le parecía apropiado hablar con él de la vida personal del sultán.

—No es asunto mío perdonarlo o no. Es dueño de sí mismo —comentó mientras la joven camarera llegaba con una bandeja—. ¡Qué bien huele el café!

Oyó cómo Suzy se reía de algo que había dicho Murat mientras Catrin tomaba un sorbo de su café expreso. Sonrió al pensar en cuánto se habían sofisticado sus gustos.

Le maravillaba pensar en lo mucho que había aprendido durante esos meses como consorte del sultán. Conocía lo más básico del protocolo real y también cómo comer una ostra. Podía hablar con conocimiento sobre los impresionistas franceses y tratar con sirvientes y guardaespaldas de manera natural. Pensó en cómo había sido su vida anterior y cómo era la que le esperaba. No sabía si volvería a tener la oportunidad de cenar en un entorno tan hermoso como ese, con hombres que poseían pozos de petróleo y decenas de empresas.

—¿Qué piensas tú, Cat?

La voz de Murat interrumpió sus pensamientos. Lo miró y vio que tenía los ojos fijos en ella.

—Lo siento —le confesó—. Estaba distraída.

—Alekto y yo estábamos tratando de entender por qué la gente odia tanto los parques eólicos.

—Supongo que es por el aspecto tan extraño que tienen.

—¿No les gusta ese aspecto? —le preguntó entonces Alekto.

—Supongo que no. Creo que se necesita un tiempo para llegar a aceptar algo que es tan ajeno a ellos, algo que parece de otro planeta —respondió ella lentamente—. Creo que, si quisiera mejorar la imagen de los parques eólicos, iría a una escuela de arte y le pediría a los estudiantes más prometedores que crearan imágenes más interesantes. Después, montaría una exposición con sus trabajos y crearía expectación en la prensa. Parques eólicos como arte. Una imagen positiva, para variar.

Niccolo se apoyó en el respaldo de su silla.

—Es muy buena idea. Simple y brillante —le dijo el italiano.

Todos la estaban mirando, pero ella solo veía el rostro de Murat.

—Y todo esto de la mujer que ni siquiera había visto un cactus en flor —le dijo él en voz baja sin dejar de mirarla a los ojos.

Sus palabras solo tenían sentido para ella, pero hicieron que el corazón comenzara a latirle con fuerza.

De repente, sintió claustrofobia y se puso en pie mientras se esforzaba por sonreír a todos.

—Espero que me disculpéis, creo que será mejor que me retire por hoy. Ha sido un día muy largo...

Era muy tarde y sus invitados no hicieron ninguna objeción, pero no se le pasó por alto que a Murat no le hacía ninguna gracia que abandonara la mesa de esa forma. Irse a la cama era una salida fácil y sabía que no estaba cumpliendo su parte del trato, pero ya no le importó. No podía seguir fingiendo que todo iba bien. Había sido muy duro aguantar durante toda la cena con una sonrisa en los labios, hablando sobre parques eólicos y haciendo de perfecta anfitriona mientras su corazón se rompía en mil pedazos.

Seguía sin entender por qué había accedido a ir con él a Italia.

Entró en la casa y se metió en la habitación que compartía con Murat sin molestarse en encender la luz. Vio su teléfono parpadeando en su bolso y, cuando lo sacó, comprobó que su hermana le había dejado dos mensajes.

Mamá se ha metido en una buena esta vez, decía el primer mensaje.

El segundo era más directo y preocupante.

¿Puedes volver a casa, Cat? Te toca a ti.

Se sintió muy culpable al leerlo y darse cuenta de que apenas había pensado en la situación que tenía en casa. Había estado tan preocupada con sus propios problemas que no se había parado a pensar en Rachel ni en cómo estaría lidiando con su madre. Y sabía que no era justo.

La puerta del dormitorio se abrió y la luz que entró desde el pasillo hizo que resaltara aún más la poderosa figura que la miraba desde el umbral.

–¿Sola en la oscuridad, Cat? –le preguntó en un tono burlón mientras encendía la luz–. ¿Por qué?

No respondió de inmediato, se limitó a parpadear mientras sus ojos se acostumbraban a la luz.

Después, guardó de nuevo el teléfono en su bolso y se encogió de hombros.

–Quería ahorrar electricidad –respondió ella–. Pensé que te gustaría. Después de todo, te gusta invertir en parques eólicos y en investigación de otras fuentes de energía alternativa.

–Muy aguda –le concedió Murat–. ¿Por qué te fuiste de la cena de manera tan abrupta?

–Porque... Porque de repente me di cuenta de que había sido una locura venir y...

No terminó la frase, solo podía pensar en los mensajes de su hermana. Se le pasó por la cabeza decirle que tenía que regresar a Gales y contarle por qué, pero... Se mordió con fuerza el labio inferior. Le costaba decirle algo así cuando estaban a punto de separarse para siempre, no quería que la recordara como a la hija de una borracha.

Decidió además que la enfermedad de su madre no era asunto suyo y lo miró a los ojos con firmeza.

–Me gustaría volver a Inglaterra tan pronto como sea posible.

–¿Estás jugando conmigo? –le preguntó Murat visiblemente enfadado–. ¿Tratas de demostrar cuánto poder tienes sobre mí para ver hasta dónde puedes llegar?

–Por supuesto que no.

–Pensé que habíamos acordado que ibas a pasar aquí un par de días.

Bajó la mirada al suelo para no tener que ver la ira en sus ojos.

–A lo mejor he cambiado de opinión.

–¿En serio? –le preguntó con voz suave–. Entonces creo que debería ver si consigo hacer que vuelvas a cambiar de opinión una vez más.

Debería haber adivinado qué método pensaba usar Murat para convencerla, pero en esos momentos no estaba pensando con claridad y no pudo prepararse ni reaccionar cuando él la atrapó entre sus brazos.

El instinto se hizo cargo. Podía sentir cada músculo de su fuerte cuerpo mientras se derretía contra él. Y tampoco pudo hacer nada para evitar que Murat inclinara hacia ella la cabeza para besarla.

Agarró sus hombros para apartarlo, pero el beso se hizo más apasionado y solo pudo dejarse llevar.

–Murat... –gruñó entre dientes mientras él comenzaba a subirle el vestido dejando sus muslos al desnudo.

Pero él no escuchaba su débil protesta, estaba demasiado ocupado bajándole las braguitas. La delicada prenda de encaje cayó al suelo mientras Murat la llevaba a la cama y se acostaba sobre ella. Ya tenía el pulgar en su clítoris y ella no tardó en gemir como respuesta a sus caricias.

Su deseo era una espiral fuera de control. Murat se apartó de ella y oyó una cremallera. Su mente y su cuerpo estaban entre la agonía y el placer. Sabía que era mala idea, pero no podía resistirse. Abrió los ojos y vio que se estaba quitando ya los pantalones. Se quedó sin respiración al ver lo excitado que estaba. Y la mirada hambrienta que le dirigió no hizo sino debilitar aún más su voluntad.

Volvió a colocarse sobre ella, entre sus piernas, y no tardó en deslizarse profundamente en su interior. No pudo ahogar un grito de inconmensurable placer.

Los movimientos eran más rápidos e intensos que nunca, casi frenéticos. Era como si se les fuera a los dos la vida en ese instante. Nunca lo había visto tan fuera de control. Le mordió los pechos y sintió que nacía un intenso orgasmo de algún lugar muy profundo y oscuro de su interior. Una sensación que la dejó sin aliento y aturdida. Más aturdida de lo que había estado nunca. Quizás porque sabía que esa era la última vez.

Cerró los ojos mientras Murat se sacudía violentamente contra ella, murmurando algo suave e incomprensible en su lengua materna. Pudo sentir cómo se le llenaban de lágrimas los ojos mientras el cuerpo de su amante se quedaba inmóvil en el último segundo.

Por un momento, ninguno de los dos dijo nada.

—Catrin... —susurró él.

Pero ella mantuvo los ojos bien cerrados, no dijo nada. Creía que no había nada que decir.

Lo que le sorprendió fue escuchar poco después el sonido rítmico y suave de su respiración. Con cuidado, giró la cabeza para mirarlo.

No podía creerlo, se había quedado dormido.

Estaba furiosa e indignada. No entendía cómo podía dormirse después de lo que acababa de suceder. Algo que ella había dejado que ocurriera. Aunque se había prometido no volver a caer y se lo había dicho a Murat, acababa de demostrarle lo débil que era.

No sabía qué hacer.

No podía quedarse donde estaba y dormir a su lado, levantarse a la mañana siguiente como si nada hubiera pasado. No podía.

A pesar de todo lo que había aprendido durante ese último año, se dio cuenta de que seguía siendo ingenua y estúpida. Había creído que iba a poder resistirse, que podía decirle que no iba a acostarse con él y esperar que Murat no lo intentara. Además, por decidida que estuviera a mantener las distancias, aún lo amaba y deseaba, eso no había cambiado.

Como siempre, Murat tenía las riendas y lo controlaba todo, incluso en una casa que no era suya. Se había permitido el lujo de tener relaciones sexuales con ella aunque le había dicho que no quería volver a hacerlo.

Y sabía que, si se quedaba allí, iba a suceder de nuevo, iba a seguir cometiendo los mismos errores una y otra vez.

Se apartó de él con cuidado, pero Murat no se movió. Se quedó donde estaba hasta que oyó al resto de los invitados yendo a sus respectivas habitaciones.

No se movió hasta las dos de la madrugada, cuando la casa estaba en completo silencio. Se levantó entonces de la cama y apagó la luz del dormitorio. Murat se movió un poco, pero no se despertó.

Se sentía más segura en la oscuridad. Fue de puntillas al armario, sacó unas braguitas y un pantalón de algodón que se puso bajo el vestido. Envolvió una *pashmina* alrededor de su cuello y fue al escritorio, donde Murat tenía toda la parafernalia oficial que le acompañaba en sus viajes.

Encontró la cartera de Murat. Tenía bastante dinero en efectivo y sacó los euros que iba a necesitar para pagar un taxi al aeropuerto y un billete de ida a Londres.

Se puso las zapatillas de tela, tomó su bolso y salió del dormitorio. Atravesó la silenciosa casa hasta llegar a la puerta trasera.

No respiró profundamente hasta que se vio bajo el cielo estrellado. Afortunadamente, no había perros en el jardín, pero fue con miedo hasta la entrada de la finca, temiendo que uno de los guardaespaldas la oyera.

Encontró una puerta abierta al lado del huerto, supuso que era la que usaba el jardinero, y salió por allí.

Bajó entonces por el polvoriento camino por el que habían llegado ese mismo día.

A lo lejos, oyó un leve gruñido y se preguntó si sería un jabalí, pero trató de tranquilizarse y de no dejar que su imaginación volara demasiado lejos. Respiró profundamente y se dijo que esa parte de Italia debía de ser muy parecida a la Gales rural que tan bien conocía. Después de todo, se había criado en el campo y sabía que había poco que temer mientras se fuera sensato.

Pero nada la había preparado para un viaje nocturno como aquel en un país extraño cuyo idioma no hablaba. Tuvo un par de momentos de pánico, pero logró superarlos. Recordó que era fuerte, que había sufrido mucho y había logrado sobrevivir. No tardó en ver una colina con algunas luces en la distancia. Sabía que, si había luces, debía de haber un pueblo y al menos un taxi.

Recordó que tenía un teléfono móvil de última generación con un diccionario bilingüe y bastante dinero. Aunque no pudiera encontrar un taxi hasta la mañana siguiente, era una noche cálida y estaba dispuesta a esperar.

Lo único que tenía claro era que iba a hacerlo y que iba a hacerlo ella sola. Porque era una mujer fuerte.

Iba a tener que serlo.

Capítulo 9

LOS golpes dentro de su cabeza no cesaban y Catrin se llevó los dedos a las sienes y gimió. Tenía la boca reseca y le ardía la piel. Por eso no entendía por qué los dientes le castañeteaban con tanta fuerza como si hubiera estado acampando toda la noche en el Ártico.

Se dio la vuelta en la estrecha cama, tomó su reloj de pulsera y trató de concentrarse en él. Se preguntó si habría pasado ya el suficiente tiempo como para que pudiera tomarse otro par de aspirinas y tratar de que le bajara la fiebre. Creía que habían pasado cuatro horas desde que se tomara la primera.

Volvieron los ruidos y se dio cuenta entonces de que no estaban en el interior de su cabeza, sino que alguien estaba llamando a la puerta.

–No quiero nada, váyase, por favor.

Pero si alguien estaba llamando a su puerta, no le hizo caso.

Decidió ignorarlo. Pero, fuera quien fuera, era persistente, como si no fuera a irse hasta que ella respondiera. A lo mejor era alguien que quería pedirle un poco de leche. O alguien que se sentía solo y quería charlar. Ya se había dado cuenta de que ese lugar, donde vivían los empleados del hotel, estaba lleno de gente así, con mucha soledad y tristes historias que contar. Ella también tenía una, pero sospechaba que nadie la creería.

Se levantó de mala gana y se acercó a la puerta con algo parecido a una sonrisa en su rostro. Pensaba decirle a quien fuera que estaba enferma y esperaba que entendieran la indirecta.

Pero su sonrisa se desvaneció en cuanto abrió la puerta.

Se quedó inmóvil. Parpadeó un par de veces, sin creerse lo que veía. Acababa de ocurrir lo que tanto había temido.

Murat estaba de pie en su puerta y parecía totalmente fuera de lugar en un sitio como ese.

Sintió que se mareaba y se le pasó por la cabeza cerrar la puerta. No quería tener que enfrentarse a él, pero sabía que no le iba a servir de nada. Uno no podía darle con la puerta en las narices al sultán de Qurhah. No cuando podía usar su poder para avisar al dueño del hotel y conseguir todo lo que quisiera.

Además, creía que eso habría sido un gesto muy cobarde.

Se pasó el dorso de la mano por su húmeda frente mientras se decía que no debía tenerle miedo.

Había sido muy valiente huyendo de noche en un país que no conocía. Recordaba bien cómo había esperado a que amaneciera en una parada de autobús. Al día siguiente, había conseguido convencer al único taxista del pueblo para que la llevara al aeropuerto de Roma.

También le había costado deshacerse de su teléfono cuando llegó a Inglaterra, pero Murat la había llamado furioso para saber qué había pasado. Ella le había asegurado que estaba a salvo.

Se había dado cuenta entonces de que, mientras tuviera su número, podría ponerse en contacto con ella y no sabía si iba a ser lo suficientemente fuerte como para no volver con él.

Aun así, acababa de descubrir que había conseguido encontrarla. Pero no sabía por qué le tenía miedo. Creía que todo lo que tenía que hacer era concentrarse y decirle que se fuera. Sabía que lo más importante era actuar como si ya no le importara.

—Murat —lo saludó con voz ronca.

Se quedaron en silencio. Le costaba enfocar la vista en él, pero le dio la impresión de que Murat la miraba con preocupación y pensó que quizás tuviera peor aspecto de lo que creía. Llevaba días sin lavarse el pelo y no podía recordar la última vez que había comido.

—¡Estás enferma! —exclamó Murat casi como una acusación.

—No —mintió ella—. Estoy bien.

Pero, por desgracia, le dio un ataque de tos en ese instante.

—Pues a mí no me parece que estés bien.

—Eso no es... —comenzó de nuevo con dificultad—. No es asunto tuyo.

Murat se fijó en sus mejillas sonrojadas y en esos ojos tan apagados. Sintió en su corazón una aguda punzada de algo que no reconoció. Llevaba semanas sin verla, desde que se fuera de su lado en Italia, cuando se despertó y encontró el otro lado de la cama vacío.

Recordaba perfectamente cómo se había sentido, había perdido la cabeza en ese momento. Había salido de la casa y había amenazado con despedir a todos sus guardaespaldas. No podía creer que no la hubieran oído salir. Había estado muy preocupado por ella hasta que supo que había conseguido llegar al aeropuerto de Roma, donde había tomado un vuelo de regreso a Londres.

Por fin la tenía frente a él. No sabía qué había esperado encontrarse, pero no era aquello. Catrin no parecía contenta de verlo ni había admitido el gran error que había cometido al dejarlo.

Lo miraba con recelo, como un animal acorralado, y tenía un aspecto horrible. Estaba más delgada y tenía ojeras.

–Déjame entrar, Cat –le dijo entonces–. Por favor.

Catrin se estremeció. Sabía que debía negarse, pero abrió la puerta de todos modos. Creía que no tenía sentido meterse en una batalla que no tenía posibilidad de ganar. Además, estaba demasiado cansada para intentarlo. Murat había salido de su cómodo entorno para ir hasta las dependencias del personal de un humilde hotel de Gales y sentía que no podía darle la espalda.

–De acuerdo –le dijo–. Pero, por favor, no hagas ruido. Algunos de mis colegas hacen turnos de noche y aún estarán durmiendo. No quiero que los despiertes.

Murat apretó los labios mientras entraba en la habitación y miraba a su alrededor. Estaba limpia, pero era muy pequeña y sencilla. Incluso los sirvientes de su palacio en Qurhah contaban con un alojamiento mejor. Reconoció en el tocador el cepillo que Catrin siempre usaba para peinar su melena, estaba junto a una fotografía en la que aparecía con su hermana. Como siempre, había un libro abierto en la mesita y pocas cosas más.

La miró de nuevo a la cara y no pudo evitar que se le despertara una especie de instinto de protección. Tenía un aspecto muy frágil y débil.

–¿Por qué te fuiste de Italia sin ni siquiera despedirte? –le preguntó él.

–Sabes muy bien la respuesta. No insultes mi inteligencia fingiendo que no lo sabes. Necesitaba alejarme de ti y no quería tener que pedirte permiso. Ahora soy libre.

–¿No pensaste acaso en lo preocupado que iba a estar?

–La verdad es que no estaba pensando en tu reacción. Por una vez, no se trataba de ti, Murat, sino de mí.

Incluso hablar con él le agotaba. Fue a sentarse en la cama y se recostó sobre las almohadas.

–¿Qué estás haciendo aquí?

Una vez más, miró a su alrededor.

–¿Por qué has vuelto a Gales?

–Por razones familiares... –respondió Catrin–. Y este sitio me gusta. Es un hotel bastante bueno y adecuado para mis necesidades –agregó ella como si sintiera que tenía que defenderse–. ¿Cómo me has encontrado?

–Se tarde más o menos, siempre se puede encontrar a una persona.

–No me has contestado –protestó Catrin.

–La respuesta no es importante. Tengo muchos medios a mi disposición, ya lo sabes. Lo que quiero saber es por qué estás aquí. ¿De qué razones familiares hablas?

–No importa.

–A mí sí me importa –insistió él.

Catrin había olvidado lo obstinado que era. Se apartó un mechón de pelo de la cara y lo miró a los ojos. La verdad era que no sabía por qué no quería contárselo, creía que así conseguiría que la olvidara de verdad y saliera de allí corriendo. Aunque quizás fuera eso lo que temía que ocurriera.

No pudo evitar sentirse nerviosa y se le hizo un nudo en la garganta. Siempre le había costado hablar de su problema, le daba vergüenza decirle a la gente cómo era su madre y odiaba que la compadecieran después.

–Mi hermana me pidió que volviera a Gales para que la ayudara con mi madre, que está enferma...

Murat la miró con el ceño fruncido y mucha preocupación.

–¿Por qué no me lo dijiste?

Se quedó callada unos segundos.

–Porque no es el tipo de enfermedad del que resulte fácil hablar –susurró ella–. Mi madre es...

–¿Tu madre es...? –le dijo Murat para animarla a seguir al ver que se callaba.

Le hablaba casi con dulzura y eso hizo que se sintiera aún peor. No quería que fuera amable con ella ni que la comprendiera. Prefería que fuera duro y autoritario, que no disimulara su repulsa cuando le dijera la verdad.

–Es alcohólica...

Tardó unos segundos en reunir el valor suficiente para mirarlo a los ojos. Vio entonces que la miraba con dureza, como había sabido que iba a hacer.

–Sigue, explícate –le dijo secamente.

Apretó las manos para ocultar cuánto le temblaban.

–No hay mucho que explicar. Mi madre es una borracha. Siempre ha bebido mucho y no sabe parar. Supongo que, en realidad, no puede hacerlo... –le contó encogiéndose de hombros–. No puede evitarlo. Le gusta beber, pero sé que un día el alcohol va a acabar con ella. Últimamente, ha estado fuera de control. Lleva semanas así. Por eso regresé a Inglaterra tan de repente. Quiero vivir más cerca de ella para poder ayudar cuando sufra otra crisis. Que parece que cada vez se dan más a menudo.

Murat se quedó callado unos minutos. Cuando habló de nuevo, lo hizo con calma y en voz baja.

–Entiendo...

–Estás conmocionado –le dijo ella algo aturdida.

–Por supuesto, pero sobre todo porque no puedo

creer que no me hayas hablado nunca de este problema
–le dijo–. ¿Por qué no, Cat?

Agotada, se llevó la palma de la mano a la frente
para ver si así conseguía enfriarla, pero no sirvió de
nada.

–Porque nunca hemos tenido ese tipo de relación,
nunca hablábamos de nada que fuera de verdad personal. No me contabas nada de tu vida en Qurhah y yo
tampoco te hablaba de la mía en Gales. Nunca me pre-
guntaste sobre mi pasado y supongo que yo prefería
mantener las cosas así.

Pero sabía que no le estaba diciendo toda la verdad
y algo en su interior le hizo ser sincera.

–Además, no podemos olvidar que eres un sultán
–continuó ella con la voz ronca–. Tenía miedo.

–¿De qué?

Nunca habría podido llegar a imaginar que iba a tener un día esa conversación con él. Había estado durante tanto tiempo tratando de ser esa mujer perfecta...
Pero ya no, ahora era libre para decirle lo que pensaba.

–Tenía miedo de que me apartaras de tu lado si lo
descubrías.

Murat se echó a reír con amargura.

–¿De verdad crees que soy tan superficial?

–Bueno, creo que los sultanes se ven a veces obliga-
dos a ser superficiales. Por eso tienen que elegir a una
novia que sea virgen y de familia real. Un sultán nunca
podría casarse con una mujer cuya madre fuera alcohólica...

Murat se quedó callado, estaba demasiado ocupado
absorbiendo el significado de lo que acababa de decirle,
pero se distrajo cuando vio que le daba otro ataque de
tos. Tenía un brillo extraño en los ojos y estaba muy pálida. Fue a la cama y se inclinó para ponerle la mano en

la frente. Frunció el ceño al ver que le castañeteaban los dientes.

–Catrin, estás enferma –le dijo con ternura.

Ella tosió de nuevo y todo su cuerpo se sacudió con fuerza.

–Solo es un resfriado.

–No, no es solo un resfriado. Tienes mucha fiebre...

Catrin suspiró al sentir la mano de Murat en su sudorosa frente. Tenía náuseas y le dolía todo el cuerpo. De repente, sintió que se le helaba la sangre en las venas y comenzó a tirar de la manta para taparse, pero no tenía fuerza.

–Te-tengo frío.

–No lo tienes –repuso él–. Estás ardiendo.

–Qui-quiero la manta.

–Ahora no, Cat –insistió Murat–. Deja de luchar. Deja que me encargue de ti.

Su orden consiguió calmarla como lo había hecho siempre. Dejó que su cabeza cayera en la almohada y sus párpados comenzaron a cerrarse. Pero sintió entonces sus dedos en la bragueta de sus vaqueros y abrió de repente los ojos.

–¿Qué crees que estás haciendo? –protestó.

–¿Crees que estoy tan desesperado como para aprovecharme de una mujer enferma? –respondió él con amargura–. Te aseguro que, en estos momentos, no tengo en mente otra cosa que tu bienestar. Porque, a lo mejor has estado cuidando de tu madre, pero está claro que no has cuidado de ti misma.

Quería decirle que no se molestara, pero no pudo. Se limitó a quedarse como estaba y no protestar cuando comenzó a desvestirla. Lo había hecho infinidad de veces, pero en esa ocasión, todo era completamente distinto.

Y ella se sentía demasiado aturdida como para que

le importara. Incluso cuando le quitó la camiseta y rozó
accidentalmente uno de sus pechos. A pesar de la fiebre, sintió que vacilaba un segundo y apartaba deprisa
la mano como si le quemara.

Le dolía ver que parecía sentir repulsa por ella, comprobar que ya no la deseaba. Pero, por otro lado, creía
que era mejor así.

Se quedó donde estaba, vestida solo con su ropa interior, mientras Murat sacaba su teléfono y comenzaba
a hablar con alguien en su lengua materna.

Capítulo 10

CATRIN apenas era consciente de lo que pasaba. Estaba en un continuo estado de duermevela por culpa de la fiebre. Solo recordaba la sensación de frío. Tenía que dormir acurrucada en posición fetal, porque Murat se negaba a taparla con la manta.

«¿Murat?», se dijo muy confusa.

Se preguntó si estaría delirando.

Pero abrió los ojos y se encontró con el sultán sentado a su lado en la cama. Estaba muy quieto y la vigilaba de cerca. No podía creerlo, Murat estaba en su habitación y llenaba con su presencia ese pequeño cuarto como si tuviera derecho a estar allí.

—¿Por qué sigues aquí? —murmuró—. ¿No te dije que te fueras?

—Lo hiciste —respondió Murat—. Y en repetidas ocasiones. Pero estoy aquí y aquí es donde voy a quedarme. Estoy cuidándote porque pareces incapaz de cuidar de ti misma.

—No te necesito —murmuró.

—No pienso discutir contigo. No me voy a ir a ninguna parte hasta que estés mejor. Será mejor que te hagas a la idea, Cat.

Estaba harta de que le diera órdenes. Le hacía beber agua cuando no quería beber nada. Vasos y más vasos de agua. Y había mojado la toalla que ella tenía en su lavabo... La mojaba con agua fría y le frotaba la piel con ella. Por mucho que protestara, seguía haciéndolo. Estaba muy enfadada.

En algún momento, oyó golpes y se dio cuenta de que alguien más llamaba a la puerta. Después, escuchó una conversación en voz baja en un idioma extraño.

Pero no tardó en reconocer el idioma de Qurhah. Murat se acercó después a la cama y le ofreció un pequeño vial dorado.

–Bebe esto –le ordenó acercándoselo a los labios.

Lo miró con recelo.

–¿Es una especie de veneno?

–¿Crees que te daría veneno?

–De ti ya no me sorprende nada...

–Se trata de una bebida que hará que te sientas mejor, Cat –le aseguró con ternura–. Es un medicamento.

Pero no lo hizo, se sintió peor después de probarla. Era un líquido espeso que se aferraba a su garganta y tan amargo que lo habría escupido si Murat no le hubiera cerrado los labios para impedírselo.

–Bebe, Cat. Trágalo –insistió él.

–¡Sabe fatal!

–No te gusta porque es un sabor nuevo para ti. Así que ¿por qué no cierras los ojos y finges que es otra cosa? ¿A qué te gustaría que supiera, *habibti*?

La estaba atrayendo hacia el reino de la fantasía como había hecho tantas veces en el pasado y Catrin sintió un terrible dolor en su corazón. Recordaba muy bien cómo había usado ese término tan cariñoso, *habibti*, cuando hacían el amor, cuando le acariciaba el pelo...

–Me gustaría que supiera a tostadas con mantequilla –le dijo ella pensando en su infancia y en la comida sobre la que leía en los libros–. O a chocolate caliente con nata montada por encima.

Los libros siempre la habían ayudado a sobrevivir y

a escapar de la dura realidad. Sabía que por eso amaba tanto la lectura.

–¿A qué más? –le preguntó Murat con dulzura.

–A delicias turcas junto al árbol de Navidad –continuó ella–. Está nevando y parece que el mundo suena distinto, que todo está en silencio.

Cuando terminó de hablar, se dio cuenta de que se había terminado todo el líquido. Se le cerraban los ojos...

–Estoy muy cansada...

–Entonces, duerme.

Y lo hizo. Se sentía como si estuviera flotando fuera de su cuerpo, mirando la pequeña habitación desde el techo.

Mientras tanto, Murat no se fue de su lado, era su centinela.

Solo se movió cuando ella tuvo que ir al baño. Entonces, le puso la bata y la llevó por el pasillo. Estaba demasiado aturdida para avergonzarse por la intimidad de ese momento.

Después, la llevó de regreso a su habitación y la acostó en la cama. Le apartó el pelo de la cara y, muy a su pesar, no pudo evitar que se reavivara en su interior el amor que sentía por ese hombre.

–Gracias –susurró ella antes de dormirse de nuevo.

Cuando se despertó, comprobó que ya debía de ser el día siguiente porque entraba una luz gris y fría por la ventana. Murat no se había movido de la silla en la que había estado sentado la noche anterior.

Le dio la impresión de que ni siquiera había dormido. Parecía cansado y no se había afeitado.

Y ella estaba en la cama en ropa interior.

Alargó el brazo para tomar la manta y taparse con ella. Vio que Murat sonreía.

–Esta es la parte en la que dices «¿dónde estoy?, ¿qué es lo que ha pasado?» –le dijo Murat dándole un vaso de agua.

–¿Qué ha pasado? –preguntó ella apoyándose en los codos para poder beber.

–Estabas enferma y ahora estás mejor.

Solo recordaba algunos momentos de la noche anterior. Murat le había apartado el pelo de la cara, la había llevado al baño... Era doloroso reconocer cuánto lo había echado de menos.

–Ahora lo recuerdo, me diste algo muy desagradable para beber.

–Es verdad, no sabe bien. Se llama *dimdar*. Es un viejo remedio del desierto que se hace con la savia de un cactus que crece en las arenas de Mekathasinian y que los guerreros han estado utilizando durante siglos para tratar sus dolencias.

Se sentía muy sucia y tenía mal sabor de boca.

–Necesito una ducha –le dijo.

–Como quieras.

Se sintió muy vulnerable mientras se levantaba de la cama. Seguía estando débil. Eligió ropa limpia y fue despacio por el pasillo hasta el cuarto de baño que compartía con otros huéspedes. Cuando se miró en el espejo, confirmó sus peores temores. Tenía el pelo muy sucio y pegado a la cara. Estaba muy pálida, no tenía nada que ver con la mujer con la que había estado Murat.

Pero se recordó que ya no era su trabajo impresionarlo.

Aun así, se dio una larga ducha con la esperanza de que ya se hubiera ido cuando volviera a la habitación.

Pero allí seguía y le sorprendió lo que vio. Había hecho la cama y estaba preparando dos tazas de té en ese momento.

Murat levantó la vista cuando ella entró.

–Tienes mejor aspecto –le dijo.

–Bueno, no era difícil conseguirlo –repuso ella–. Pero la verdad es que me siento mucho mejor. Quiero darte las gracias por todo lo que has hecho por mí.

–No hay de qué.

–Claro que sí.

De repente se dio cuenta de que nada había cambiado. Aunque durante toda la relación había tratado de convencerse de que estaba satisfecha con lo que tenía, se había estado engañando a sí misma.

Se había creído inmune a las emociones. Murat había querido una relación sin ataduras y ella se había convencido a sí misma de que estaba feliz con esa situación. Pero en el fondo no era más que una mujer que había estado anhelando que Murat quisiera tener algo más con ella.

–Te agradezco mucho lo que has hecho, pero no quiero entretenerte más –le dijo ella–. Seguro que tienes algo importante que hacer.

–No te preocupes por mi horario, Cat –respondió Murat entregándole una taza de té–. Y háblame de tu madre.

Sintió que se ruborizaba.

–Ya te lo dije todo anoche.

–No. Me hablaste del problema, pero no de una solución. ¿Ha intentado alguna vez desintoxicarse?

–No, son tratamientos muy caros –repuso ella–. Somos personas normales, Murat. No tenemos tanto dinero.

Él no dejó de mirarla a los ojos.

–Podrías habérmelo pedido.

–Pero entonces tendría que habértelo contado todo y no quería hacerlo. Por razones que seguro que entiendes.

–Me gustaría conocerla –le dijo Murat de repente.

–Pues no puedes.

–¿De qué tienes tanto miedo, Cat?

No entendía cómo podía preguntarle algo así, incluso él debía darse cuenta de que no quería que viera en qué tipo de familia había crecido. No sabía por qué se entrometía en su vida de esa manera. Ya no estaban juntos, tenían vidas separadas y futuros independientes.

Pero cuando vio la determinación que había en sus ojos, se dio cuenta de que ya no tenía por qué protegerse ni tratar de impresionarlo. No tenía motivos para ocultarle sus oscuros secretos.

–Muy bien. Si quieres conocer a mi madre, podemos ir a verla –le dijo ella–. ¿Cuándo quieres ir?

–Si te encuentras bien, ahora mismo.

–Pero no sabe que vamos a ir a verla y no tendrá tiempo de prepararse.

Se lo dijo como si la casa de su madre fuera normal, como si fuera el tipo de madre que se molestaba en limpiar la casa si sabía que iba a tener una visita. No sabía por qué le estaba dando tantas excusas.

–No me importa, casi preferiría hacer una visita improvisada por una vez en la vida. Estoy harto de que la gente pinte habitaciones enteras o compre muebles nuevos solo porque voy a visitarlos.

–Bueno, por eso no te preocupes. Es poco probable que mi madre haga algo así –repuso ella.

–¿Vamos? –le sugirió Murat.

– Muy bien, tú lo has querido –le dijo ella mientras miraba a su alrededor en busca de sus zapatos.

Después, cerró la puerta tras ellos y lo siguió hasta el aparcamiento del hotel, donde sus dos limusinas negras estaban atrayendo mucho interés.

No tardaron en alejarse de la pequeña ciudad costera

y comenzar a atravesar campos y más campos. Estaba lloviendo y ella se distrajo mirando por la ventana un paisaje que le resultaba muy familiar.

Algún tiempo después, la pequeña caravana de coches entró en una calle que apenas era lo suficientemente ancha como para dar cabida a la anchura de los dos coches.

Catrin trató de imaginar qué impresión se estaría haciendo Murat del barrio donde había crecido.

Temía lo que fueran a encontrarse dentro de la casa. Si su hermana hubiera estado allí, al menos la verían un poco ordenada, pero Rachel estaba de vuelta en la universidad y Catrin estaba cada vez más nerviosa.

Llamó al timbre y nadie contestó. Pensó que quizás estuviera en el bar y casi se alegró. En ese caso, podrían irse y Murat no llegaría a conocerla, pero entonces oyó el televisor y unos pasos que se acercaban.

La puerta se abrió y apareció ante sus ojos Ursula Thomas, balanceándose un poco mientras los miraba. Tenía la ropa sucia y un aspecto muy desaliñado. Sintió una gran tristeza que se apoderó de ella mientras miraba a su madre. Seguía sin entender cómo podía haber desperdiciado la vida como lo había hecho.

–¿Catrin? –la saludó Ursula con los ojos entrecerrados.

–Sí, mamá. Soy yo. He venido a verte con... Con un amigo –respondió ella con un nudo en la garganta–. Murat, te presento a Ursula, mi madre. Mamá, este es Murat.

Su madre miró al sultán y sonrió.

–¿No tendrá un cigarrillo, por casualidad? –le preguntó la mujer.

A Catrin no le habría extrañado que Murat se diera la vuelta en ese instante y volviera al coche, pero no lo hizo. Se encogió de hombros como si estuviera acostumbrado a que la gente le pidiera tabaco.

–Me temo que no –le dijo–. ¿Podemos entrar?

Ursula lo miró de arriba abajo antes de abrir la puerta para dejarlos entrar. Había ropa, zapatos y bolsas de plástico tirados por el suelo. Fueron los tres hasta una pequeña sala de estar que apestaba a tabaco. En la mesita de centro había un vaso con vodka, un paquete de cigarrillos vacío y un cenicero rebosante de colillas. Como había adivinado ya, el televisor estaba encendido y el concurso que estaban emitiendo en ese momento le daba un toque aún más surrealista a la extraña reunión.

Catrin se sentía muy avergonzada, pero recordó entonces que no tenía por qué sentirse así. Esa no era su casa y su madre era una mujer enferma, no podía evitar llevar ese tipo de vida.

Miró a Murat, pero su rostro no revelaba lo que estaba pensando. Él le dedicó entonces una leve sonrisa.

–Cat, ¿podrías ir a comprar tabaco mientras hablo con tu madre?

Nunca se habría esperado que le pudiera decir algo así. Quería negarse, pero algo le dijo que no le iba a servir de nada.

–De acuerdo –susurró ella.

Su madre también parecía algo desconcertada al darse cuenta de que iba a quedarse a solas con ese hombre.

Catrin salió a la calle y respiró profundamente. Cruzó la calle y bajó hasta la pequeña tienda de la esquina, seguía donde siempre y estaba tal y como la recordaba. Compró un paquete de cigarrillos y un cartón de leche.

No tenía ni idea de lo que Murat le estaría diciendo a su madre, pero sabía que podía confiar en él.

A lo mejor no era el mejor compañero sentimental, pero sabía que era venerado como gobernante, tanto en su país como en el extranjero. Además, era un alivio tener a alguien que se hiciera cargo de las cosas, aunque solo fuera durante un día.

Había tenido que acarrear demasiada responsabilidad desde pequeña, siempre tratando de proteger a Rachel, cocinando y cuidando de ellas dos. Había sido muy duro vivir así y pensaba que quizás por eso se había aferrado a lo que Murat le había ofrecido.

Cuando volvió con los cigarrillos, se encontró a su madre desplomada en el sillón, pero el cenicero estaba vacío y había una taza de café bien cargado donde antes había estado el vaso de vodka.

Murat salió de la cocina al oírla, se había quitado la chaqueta y llevaba las mangas de la camisa enrolladas.

–¿Qué está pasando aquí? –preguntó Catrin mientras le daba a su madre los cigarrillos.

–Tu madre se ha comprometido a ir a un centro de desintoxicación –le dijo Murat.

Esperó a que su madre objetara y le dijera que era todo mentira, pero se quedó callada.

–¿Podría hablar un momento contigo, Cat? –le pidió Murat–. En privado.

Fueron a la cocina y vio, aún más sorprendida, que el sultán había empezado a fregar la enorme pila de platos sucios que se acumulaban en el fregadero.

–¿De verdad? –le preguntó nada más cerrar la puerta–. ¿Qué le has dicho para que acceda a algo así?

–Le repetí exactamente lo que me dijiste tú, que un día iba a acabar con su vida si seguía así. Y creo que conseguí convencerla de que eso os destruiría tanto a tu hermana como a ti. Le dije que ya habíais sufrido demasiado viendo cómo echaba a perder su vida y su salud y le pregunté si quería salvarse a sí misma antes de que fuera demasiado tarde. Y entonces le prometí que estaba dispuesto a pagar el tratamiento.

—No puedo dejar que hagas eso —le dijo ella negando con la cabeza—. Lo estuve mirando una vez. Es carísimo.

—Sabes que me lo puedo permitir sin problemas. El dinero no es importante —repuso Murat yendo hacia ella y colocando el dedo índice sobre sus labios—. Déjame hacerlo, Cat. Quiero hacerlo.

Molesta, se apartó de él, no podía pensar cuando Murat la tocaba y odiaba cómo seguía reaccionando su cuerpo, incluso en momentos tan emocionales y difíciles como ese.

—Pero, ¿por qué? Ni siquiera conoces a mi madre.

—Creo que los dos sabemos por qué. Por ti —le dijo Murat.

—¿Como una especie de pago por mis servicios? —le preguntó ella con amargura.

—Si es así como quieres interpretarlo, pero lo que compartimos no tiene nada que ver con el dinero...

—¿Eso crees? No seas ingenuo. Fue una transacción, Murat —le recordó ella—. Y lo sabes mejor que yo.

Murat frunció el ceño, pero siguió mirándola a los ojos.

—No quiero hablar ahora de cómo era o dejaba de ser nuestra relación, preferiría pensar en tu madre. Creo que se merece esta oportunidad —insistió—. Sobre todo cuando puedo encontrarle una plaza en el mejor centro.

Catrin apretó los labios. No la sorprendía. Sabía que Murat podía comprar cualquier cosa, podía incluso comprar personas, como había hecho con ella.

Lamentaba las decisiones que había tomado en el pasado, pero se dio cuenta de que ella también había tenido parte de culpa y no era justo dejar que su herido orgullo le impidiera aceptar lo que podía ser la última oportunidad que iba a tener su madre para curarse.

Pensó en esa mujer, desplomada en el sillón y esclava de la botella, pensó en cómo se le helaba la sangre en las venas cada vez que sonaba el teléfono, preguntándose si sería esa la llamada que llevaba toda su vida temiendo.

Miró a Murat a los ojos, nunca lo había visto tan serio. Se fijó en sus poderosos antebrazos, aún los tenía húmedos después de haber estado fregando.

Se dio cuenta de que estaba tratando de hacer las cosas mejor.

No podía ofrecerle un futuro, pero estaba usando su poder para tenderle una mano y ayudar a su madre. Creía que no tenía derecho a negarle esa ayuda solo porque su corazón seguía roto en mil pedazos.

–Sí, se lo merece –le dijo ella–. Y, si lo dices en serio, acepto tu generosa oferta.

–Estupendo –repuso Murat asintiendo con la cabeza–. Entonces, vamos a poner las cosas en marcha de inmediato.

–Supongo que te habré parecido una mujer malcriada e ingrata, pero supongo que estaba... No estaba pensando con claridad.

–¿Malcriada? –repitió él echándose a reír–. He conocido a un montón de mujeres malcriadas, Cat, pero tú no eres como ellas –añadió con ternura–. Ahora, si me disculpas, voy a hacer unas cuantas llamadas mientras preparas la maleta de tu madre. Después, te llevaré de vuelta al hotel.

Capítulo 11

ANTES de despedirte quería... –comenzó Catrin
con emoción–. Quería decirte algo. Has sido
increíble con mi madre, Murat, y no sé cómo
alguna vez podré pagarte por lo que has hecho.

En la penumbra de la limusina, Murat miró la cara
de Cat sabiendo cuánto le estaba costando decir esas palabras. Le temblaba la voz mientras lo hacía.

Recordó entonces la escena que se había encontrado
en la casa de su madre. Había visto mucho durante la
guerra en el desierto, pero tenía que reconocer que le
había sorprendido la miseria que había encontrado allí.
No había podido evitar preguntarse si, inconscientemente, Catrin no se habría convertido en un ama de
casa y anfitriona tan ejemplar para resarcirse de la miseria que había tenido en su infancia.

Esperaba que todo fuera bien con el tratamiento de
su madre, porque sabía que era complicado. Había sentido lo nerviosa que había estado Catrin mientras esperaban el coche del médico que iba a llevar a Ursula
Thomas al aeropuerto y después, al centro de desintoxicación en Arizona. Pero también había sentido su esperanza mientras ayudaba a su madre a entrar en el coche. Le costaba imaginar lo duro que habría sido para
Catrin crecer con esa constante sensación de caos y te-
rror a su alrededor, tratando de proteger a su hermana
pequeña y sin nadie más que la ayudara. Había tenido

una hermana y una madre, pero había estado sola. Completamente sola.

Catrin había pasado en silencio la mayor parte del viaje de regreso al hotel, con la vista perdida en el paisaje. Pero ya habían llegado y no tenía más remedio que mirarlo. Le pareció que había un brillo distinto en sus ojos verdes, como si estuviera a punto de llorar.

Había tenido que enfrentarse a las lágrimas de muchas mujeres, a menudo provocadas por su negativa a hacer lo que ellas querían. Pero esa mujer en particular no había llorado nunca delante de él, aunque había tenido más motivos que otras para hacerlo.

Había escondido tantos secretos y tanto dolor...

Pero por fin entendía por qué no había querido hablarle de su familia, sobre todo teniendo en cuenta quién era él. También lamentaba no haber mostrado más interés por su vida y casi se había sentido aliviado al ver que no era una de esas mujeres que siempre hablaban de sus emociones.

—Creo que no estoy listo aún para decirte adiós. ¿Y tú? —le preguntó él con los ojos fijos en su pálido rostro.

Catrin parpadeó rápidamente para controlar sus lágrimas. Creía que, si salía pronto del coche, podría llegar a su habitación sin que nadie la viera llorar. Pero una parte de ella deseaba quedarse más tiempo con él, el mayor tiempo posible. Porque sabía que era la última vez que iba a verlo.

Estaba con el corazón en un puño. Murat había ido hasta allí a buscarla porque había estado preocupado por ella y durante esos días había descubierto que ese hombre era mucho más de lo que pensaba.

Había sido emocionante ver que Murat no había juzgado a su madre, sino que simplemente había buscado una solución práctica a su problema. Le iba a estar siempre agradecida por lo que había hecho.

Y ella tampoco estaba lista para decirle adiós. Como le pasaba a él, quería prolongarlo un poco más.

–Podríamos tomarnos un café, si quieres –le sugirió ella.

Murat frunció el ceño.

–¿Dónde? ¿En tu habitación?

–No, allí no –repuso rápidamente.

Era demasiado pequeña e íntima. Y había una cama. No quería estar con él en ningún sitio donde hubiera una cama. Confiaba en Murat, pero no en sí misma. No quería correr el riesgo de terminar pidiéndole que se acostara una última vez con ella.

–Hay un café, cerca de aquí, en el puerto. Podríamos ir allí.

Murat asintió con la cabeza y abrió el cristal que los separaba del conductor. Catrin se inclinó hacia delante y le dijo cómo ir hasta allí.

Cuando llegaron al muelle, ya había empezado a atardecer y la luz era completamente distinta. Se distrajo mirando el balanceo de los barcos en la distancia. Era otra de las razones por las que había decidido buscar trabajo en esa zona. Se trataba de un pueblo costero que había visitado una vez durante un viaje con el colegio y que nunca había olvidado.

Recordaba muy bien ese día. Por una vez, se había sentido como cualquier otra niña de su edad. Había comido helado y remado en el mar. Se había sentido feliz y libre.

Las personas que veraneaban en la zona eran como ella, gente normal con poco dinero que gastar, pero le encantaba el sitio. Creía que era tan bonito como cualquier playa de Europa a la que Murat la había llevado durante los meses que habían pasado juntos. Y allí era mucho más barato tomarse un café.

–¿Podemos dejar el coche aquí, un poco apartado? –le pidió ella mientras salía de la limusina.

–¿Por qué? –le preguntó Murat.

–Es un pueblo pequeño y no quiero que la gente se pregunte qué hago en un coche como este. Seguro que empiezan a rumorear y puede que se hagan una idea equivocada...

Murat pensó que era la primera vez en su vida que alguien le pedía que tratara de pasar desapercibido en vez de sacar provecho de su posición.

Se dio la vuelta para mirarla. Seguía pálida y ojerosa. De repente, sintió como si un puño de hierro apretara con fuerza su corazón. Quería abrazarla, besar su pelo, sus ojos y sus labios. Pero también sabía que no podía seguir pidiéndole que se diera a él sin ofrecer nada a cambio.

–Pero has estado enferma –le recordó él–. No creo que sea buena idea que vayas andando hasta el café.

–Estoy bien. Ese *dimdar* que me diste funcionó muy bien. Además, no me queda más remedio que andar. ¿Qué iba a hacer si no? ¿Te ofreces a llevarme en brazos?

–Si quieres, no tienes más que decírmelo, Cat.

–No seas ridículo –le dijo ella.

Pero sabía que hablaba en serio, que provenía de un mundo en el que los hombres se mostraban como tal en todos los sentidos y eran capaces de llevar a una mujer en brazos si era necesario. Empezaba a darse cuenta de que era también un hombre muy protector.

Y todas esas cosas hacían que lo amara aún más.

«Pero no quiero amarlo, es demasiado doloroso», se dijo.

Era uno de esos frescos días de septiembre que presagiaban ya el frío otoño. El viento azotaba las hojas de los árboles y también su pelo, aunque lo llevara recogido en una cola de caballo.

Cuando llegaron al pequeño puerto, las olas golpeaban llenas de espuma las rocas y podían escuchar los graznidos lastimeros de las gaviotas que sobrevolaban la zona.

El café no era un sitio demasiado lujoso, lo mejor que tenía era la vista.

Se sentaron uno frente al otro y Catrin se preguntó si él se habría sentado alguna vez a una mesa de formica como aquella. Vio cómo echaba azúcar en el té, sujetando cada terrón hasta que se empapara de líquido, y recordó la primera vez que le había visto hacerlo, el día que lo conoció y estuvo charlando con él mientras Murat se tomaba un café.

No sabía por qué estaba recordando ese momento. No quería pensar en ello. No quería pensar en nada...

–Quiero darte las gracias –comenzó ella.

–No –la interrumpió Murat –. Por favor, no lo hagas. Ya me has dado las gracias y hemos hablado suficiente de ese tema. Ahora solo podemos esperar y rezar para que el tratamiento funcione. Tenemos muy poco tiempo y no quiero perder ni un segundo. Sobre todo cuando imagino que ya llevas demasiados años preocupándote por tu madre.

Se estaba mostrando tan atento y comprensivo que no hacía sino aumentar su dolor. No sabía cómo iba a continuar con su vida sin él, iba a ser muy duro.

No podía seguir viéndolo como un hombre perfecto. Trató de pensar en lo que habría estado haciendo desde que se fue de su lado en Italia.

–Cuéntame, ¿cómo has estado? –le preguntó–. ¿Qué tal todo en Qurhah?

–Bastante bien –repuso Murat con una breve sonrisa–.

De momento, hay cierta paz en la región y nuestras exportaciones han crecido. He empezado una campaña para construir nuevas escuelas en la zona este del país.

–Eso es estupendo, Murat –le dijo en voz baja–. Pero no era por eso por lo que te preguntaba.

–Ya, ya lo imagino.

–¿Cómo va tu búsqueda de la novia perfecta? ¿Hay alguna candidata en particular que te haya llamado la atención?

–Cat, no hagas eso.

–¿Qué es lo que no debo hacer? Solo estoy enfrentándome a los hechos.

–No quiero hablar de ello. Y menos aún contigo.

–Pero yo sí quiero hablar de ello, de verdad. Creo que me ayudaría a seguir adelante, a ver cómo es tu vida y a dejar de construir fantasías sobre lo que podría haber sido. ¿Has conocido...? ¿Te has reunido con muchas mujeres?

–Con unas cuantas –respondió Murat de mala gana.

–¿Y qué les pasaba a esas candidatas para que no las eligieras? ¿No les cabía el zapato de cristal o había alguna otra razón por la que no pudieran ser tu futura esposa?

Sonrió brevemente y suspiró. Le dolía que Catrin pensara que aquello era un juego, algo que le resultaba fácil.

–Uno de los problemas es que necesito una joven virgen y no es fácil encontrar una. Muchas de estas princesas han estado estudiando en Europa o Estados Unidos y han tenido relaciones con otros hombres.

Catrin dejó de golpe la taza sobre la mesa.

–¡No puedo creerme lo que acabas de decir! Tú has estado con quien has querido y ahora esperas encontrar una joven sin experiencia ni pasado. Hablas como si vivieras en la Edad Media. Estás siendo muy hipócrita.

–No las juzgo por lo que han hecho –protestó él–. ¡Pero es mi deber casarme con una princesa virgen! Lo establece así el Decreto Real de Qurhah. Siempre ha sido así.

–Pero los tiempos cambian y también lo hacen las personas. En todos los sentidos. Piensa en ello, Murat –le dijo ella–. Hace unos años, la economía de tu país se basaba exclusivamente en el petróleo, me lo dijiste tú mismo. Pero ahora habéis construido parques eólicos y estáis invirtiendo también en energía solar.

–Eso es verdad –le concedió Murat.

–Hace años, solo usabais mensajeros a caballo para transmitir noticias de un lado a otro del desierto, pero ahora usáis Internet y teléfonos como todo el mundo. ¿Y ese hombre del que me hablaste...? ¿El que llegó a Qurhah para mejorar su perfil internacional y terminó casándose con tu hermana?

–Sí, Gabe Steel.

–Me dijiste que hizo un trabajo brillante. ¿No te has parado a pensar que lo has modernizado todo menos lo que concierne a la cabeza del Estado? Has hecho que tu país avance con los tiempos y, sin embargo, tú estás condicionado por una ley obsoleta que dice que tienes que casarte con una virgen, cuando hoy en día casi nadie lo es.

–Bueno, tú lo eras –le dijo Murat de repente–. Lo eras...

Sus palabras la hicieron recapacitar y cerró inmediatamente la boca. No sabía por qué estaba tratando de convencerlo. Era como si inconscientemente estuviera intentando que Murat considerara la idea de tomarla a ella por esposa. Algo que nunca podría suceder, sobre todo después de ver de qué familia procedía.

–Lo siento –susurró ella–. No es de mi incumbencia. Debes casarte con quien elijas.

Murat se inclinó hacia delante, apoyando los codos en la mesa hasta tener su cara muy cerca de la de ella.

–Si pudiera elegir con el corazón y no con la cabeza, te elegiría a ti, Cat –le confesó en voz baja–. Porque eres la mujer que amo.

El corazón le dio un vuelco al oírlo.

–No, Murat, no...

–Tengo que decirlo, necesito que lo entiendas –prosiguió él–. Pase lo que pase, necesito que sepas lo que significas para mí.

–Murat...

–Porque después de todo lo que ha pasado, te debo al menos eso –le dijo él–. Me cautivaste desde que te vi por primera vez, como una fantasía hecha realidad. Eras hermosa, estabas llena de vida y además, eras virgen. La verdad es que, a pesar de la sorpresa, significó mucho para mí ver que era tu primer amante. Por eso te convencí para que fueras a Londres conmigo, sin pensar más allá del primer mes o incluso de la primera semana juntos.

–Yo tampoco pensé en el futuro –susurró ella.

Murat levantó una mano y tocó suavemente su mejilla. No pudo evitar estremecerse al sentir su caricia.

–Hasta entonces, nunca había vivido con una mujer –le dijo–. Para serte sincero, puede que me interesara hacerlo también para ver cómo era compartir la vida con alguien. Pero entonces cambiaste, supongo que era inevitable. Te convertiste en una mujer más sofisticada, fue una transformación increíble. Te adaptaste por completo a mi vida, casi demasiado. Vivir contigo fue muy fácil y cómodo, pero no era real.

–Y después me enteré de que estabas reuniéndote con posibles candidatas...

–Sí –reconoció Murat–. Y entiendo que te molestara. Dejaste entonces de ser la anfitriona perfecta, dulce e imperturbable a la que me había acostumbrado. Volviste a ser la Cat del principio, fuerte y segura de sí misma. Incluso me mostraste tus garras. Y puede que fuera justo entonces cuando me enamoré de ti.

A Catrin le costaba respirar con normalidad y le temblaban las manos. Lo que le estaba diciendo Murat era terrible. Terrible y maravilloso al mismo tiempo, pero era demasiado tarde.

–¿Por qué me estás diciendo todo esto? –le susurró–. ¿Y por qué ahora?

–Porque quiero que sepas lo que siento por ti –repuso Murat–. Necesito que sepas que te quiero. Muchísimo. Te amo de una manera que no creía posible, pero es así.

Recibió las palabras en silencio y con incredulidad, preguntándose si se atrevería a decirle que sentía lo mismo por él. Pero decidió mostrarse cautelosa. Murat ya le había hecho daño antes y era capaz de hacérselo de nuevo.

–¿Qué es lo que quieres decir? –le preguntó con valentía–. ¿Que tenemos algún tipo de futuro juntos?

Murat sacudió la cabeza y tragó saliva.

–No el tipo de futuro que otro hombre podrá ofrecerte algún día –le dijo–. No puedo casarme contigo, Cat, por mucho que deseara poder hacerlo. Además, mis consejeros me han dicho que por fin han encontrado una novia perfecta que, al parecer, cumple con todos los requisitos.

Catrin se alegró de no haber comido nada porque le entraron ganas de vomitar. Después, pensó en darle un puñetazo. No entendía cómo se había atrevido a darle esperanzas para decirle a continuación algo así.

Pero logró controlar sus instintos y tratar de calmarse. Después de todo, estaba siendo sincero. Tampoco olvidaba lo bien que había cuidado de ella y cómo se había ocupado del tratamiento de su madre.

Había bajado la guardia lo suficiente como para decirle que la amaba y suponía que no habría sido fácil hacerlo. Trató de recordar que era un buen hombre, uno que se regía por un fuerte sentido del deber hacia su país.

Y no podía culparlo por ser así, pero sentía que había vuelto a romperle el corazón.

–Entenderás que no te pregunte por esa joven –le dijo ella cuando pudo por fin recuperar el habla–. No soy tan moderna como para pedirte que me hables de ella.

Apartó la silla y se levantó.

–Creo que ya nos hemos dicho todo lo que teníamos que decirnos, Murat, y no deberíamos prolongarlo más.

Salió del café sin mirar atrás, pero no fue lo suficientemente rápida.

En el exterior, Murat agarró su brazo y le dio la vuelta. La suave lluvia mojaba su cara mezclándose con sus lágrimas. No podía seguir conteniéndolas.

–¿Qué es lo que quieres de mí? –le preguntó ella con la voz entrecortada.

–Ya sabes la respuesta a eso. Te quiero a ti.

–Pues no puedes tenerme. No como quieres tenerme. No voy a seguir siendo tu amante, no puedo. Se acabó, Murat, déjame en paz, por favor. Prométeme al menos eso.

Se quedaron los dos en silencio, solo lo rompían los graznidos de las gaviotas.

–Lo prometo –le dijo en voz baja.

Cuando notó cómo se había quebrado su voz, se dio cuenta de que su propia angustia se reflejaba en los ojos de Murat. Casi le sorprendió ver que también él estaba luchando por mantener la compostura, que también él estaba sufriendo.

Capítulo 12

MURAT no podía dejar de dar vueltas por el salón, completamente ajeno al brillo de los muebles dorados, al aroma del sándalo o al retrato de su tatarabuelo observándolo con dureza desde encima de la gran chimenea.

Solo era consciente de la sensación de frío y dolor que tenía en su corazón.

Alguien llamó a la puerta y se dio cuenta de que no podía seguir ignorando a su consejero. Podía llegar a ser muchas cosas, pero no era un hombre cobarde.

—Pasa —le dijo en voz alta.

Se abrió la enorme puerta y entró Bakri, su hombre de confianza. Había estado con él desde que su amigo Suleiman lo traicionara y se fuera de allí para hacer fortuna en otro país.

Bakri cerró con cuidado la puerta y lo saludó con una marcada reverencia.

—Señor, me veo en la obligación de recordarle que no puede retrasar su decisión durante mucho más tiempo. La delegación de Jabalahstan empieza a impacientarse.

—Pues no tienen derecho a impacientarse —repuso Murat conteniendo con dificultad su enfado—. Ya les he dicho que les daré una respuesta cuando termine de deliberar al respecto y aún no he llegado a una conclusión definitiva.

—Lo entiendo, señor —le dijo Bakri carraspeando algo

nervioso–. Y si puedo serle de ayuda para que llegue pronto a esa decisión, señor. Será tanto mi honor como mi deber.

De nuevo el deber, era esa una palabra maldita que acompañaba a los hombres de su posición desde la cuna.

Murat suspiró y fue hasta las ventanas, desde donde se veían los hermosos jardines del palacio. Esa habitación había sido de su padre. Y antes de eso, la de su abuelo y la de todos los herederos de la larga dinastía Al Maisan, desde que se construyera ese palacio. Era un lugar donde las mujeres no podían entrar. Hasta hacía poco, había pensado que esa restricción era adecuada, era una sala donde los hombres habían discutido sobre sus reinos, donde habían declarado guerras y tomado importantes decisiones. Era una habitación muy masculina donde nunca había llegado a imaginarse a una mujer, pero durante las últimas semanas, su mente había empezado a jugar con él y la veía por todas partes.

Se había imaginado a Catrin en esa misma sala, de pie, con su larga y oscura melena al viento, vestida con la túnica de una sultana de Qurhah...

Sacudió frustrado la cabeza, pero no podía quitarse esa tentadora imagen de la cabeza. Tampoco podía escapar de ella en sus sueños. Había sido así desde su regreso a Qurhah.

Lo imposible había sucedido. Tenía el corazón roto y no podía pensar con claridad.

Por primera vez en su vida, no sabía qué hacer.

Le había dicho que la amaba justo antes de irse. Había pensado que esas palabras serían catárticas, como si al sacar esos sentimientos pudiera quedar libre de ellos. Pero no había ocurrido. Todo lo contrario, cada vez sentía más amor por ella y la echaba tanto de menos que no podía pensar en nada más.

Recordó cómo se había sentido cuando se fue en su limusina de ese pequeño pueblo costero de Gales. No se le había olvidado cómo había llorado a solas en el coche. Nadie lo había visto y él había sido el primer sorprendido. Era solo la segunda vez que recordaba haber llorado. La primera, tras la muerte de su madre.

Se había criado en una cultura muy masculina donde estaba mal visto que un hombre mostrara sus sentimientos. Pero eso no había sido un problema hasta ese momento, cuando por fin había tenido sentimientos reales por una mujer. Tan reales y tan fuertes que se sentía consumido por ellos.

Miró el retrato de su tatarabuelo. El sultán lo miraba con los mismos ojos negros y fríos de los hombres de la familia Al Maisan. Pensó en cómo habría sido su vida y luego la comparó con la suya.

Pensó de nuevo en lo que Cat le había dicho poco antes de que se despidieran. Sus palabras y la intensidad de su mirada lo habían perseguido después durante días. Había tratado de no pensar en ella, pero no lo había logrado. Y, de repente, se preguntó cómo podía haber sido tan... Tan estúpido.

Se volvió hacia Bakri y vio cómo se tensaba su consejero, como si hubiera visto algo trascendental en el rostro del monarca.

–No puedo casarme con la princesa –le anunció Murat con firmeza y frialdad.

–Pero, señor...

–Sí –lo interrumpió–. Sé lo que vas a decir, Bakri, y te entiendo. Me doy cuenta de que no puedo seguir comportándome así. No es justo para las mujeres con las que me he estado reuniendo y tampoco es justo para mi pueblo, que siguen viendo como pospongo mi matrimonio y la consiguiente llegada del heredero que tanto anhelan. Pero tengo una solución.

Bakri entrecerró los ojos.

–¿En serio? –le preguntó con suspicacia.

–Sí, así es –le dijo Murat–. Llama a Gabe Steel y pásame con él, ¿de acuerdo?

Catrin se quedó mirando al director general como si no lo hubiera oído bien.

–¿Podría...? ¿Podría repetirlo, por favor? –le pidió sin entender.

Stephen Le Saux asintió con la cabeza y le sonrió.

–Por supuesto. Estamos muy contentos con usted, Catrin. Ha trabajado muy duro y ha mostrado una gran capacidad desde que empezó a trabajar aquí. Ha demostrado que puede encargarse casi de cualquier cosa y nos gustaría mandarla al hotel del grupo que tenemos en Cornualles. El subdirector general está de baja por enfermedad y necesitamos a alguien capaz para echarles una mano hasta que se recupere. El caso es que hemos decidido que usted sería la candidata perfecta.

Catrin tragó saliva. Ese tipo de elogios era justo lo que necesitaba en un momento personal tan complicado como ese, pero no podía ocultar su sorpresa. Era un honor que se lo pidieran a ella, pero no creía merecerlo.

Había estado tratando de trabajar muy duro desde que Murat se volviera a Qurhah, pero no había puesto su corazón en lo que hacía. Habría sido imposible hacerlo cuando sentía que tenía un gran vacío dentro de ella.

Había seguido con su rutina, tratando de centrarse en su trabajo, mientras esperaba que Murat la llamara.

Aunque trataba de convencerse de que, si lo hacía, no pensaba contestar su llamada.

Pero Murat no la había telefoneado y ese silencio había sido ensordecedor. Al menos había conseguido empezar a enfrentarse a una verdad que le dolía. Todo había terminado entre los dos. Definitivamente y para siempre.

Y, aunque sabía que había hecho lo correcto y que no podría haber seguido como estaban, se sentía como si su mundo se hubiera vuelto gris y silencioso. Como si una cortina oscura hubiera descendido sobre ella y hubiera envuelto todo lo bonito y bello de la vida.

–Tendrá que llevar su pasaporte para poder identificarse –le dijo Stephen Le Saux–. ¿Podría estar lista para salir dentro de una hora? Tomará un vuelo a Newquay esta misma tarde. ¿Le parece bien?

–¿Tan pronto? –preguntó Catrin mientras se ponía en pie y se alisaba la falda del uniforme con las manos.

–¿Tiene acaso algún compromiso que la impida viajar? ¿Algún motivo para quedarse aquí?

Le entraron ganas de echarse a reír con amargura, pero se contuvo.

–No, no hay nada que me mantenga aquí –le aseguró.

Fue directamente a su habitación.

Al menos otras facetas de su vida iban bien. Rachel estaba muy contenta en la universidad y el tratamiento de su madre en Arizona estaba ayudándola a superar su adicción. Aunque tenía prohibido todo contacto con el mundo exterior durante las primeras seis semanas, Catrin había hablado con uno de sus tutores en la clínica y le había dicho que tenían motivos para ser optimistas.

Hizo deprisa su bolsa de viaje y se vistió.

El pequeño autobús del hotel la llevó al aeropuerto

de Cardiff con el propio Stephen al volante del vehículo. Comenzó a sentirse más confundida aún cuando llegaron al aeropuerto y él la llevó directamente a una sala de espera muy lujosa.

–¿Está seguro de que estoy en el lugar correcto? –le preguntó mientras miraba a su alrededor.

Había media docena de personas vestidas de manera muy elegante y bebiendo copas de champán.

–Por supuesto que sí –respondió él rápidamente–. Y le aseguro que la cuidarán muy bien. Que tenga un buen viaje.

Catrin solo había viajado en avión con Murat y en esas ocasiones, había sido su personal el que se había encargado de hacer todos los trámites para la pareja. En ese sentido, la experiencia de esa tarde le estaba pareciendo muy similar.

Le extrañó que la acompañaran a un avión que parecía muy grande para un vuelo tan corto, pero no dijo nada.

No sospechó de verdad hasta que estuvieron en el aire y se dio cuenta de que estaban cruzando el Canal de la Mancha. Algo iba mal, muy mal.

Para empezar, vio que era la única persona en el avión y la bella azafata la trataba como si fuera de la realeza.

Catrin la llamó entonces con una mano que había empezado a temblar.

–¿Le importaría decirme adónde se dirige este avión? –le dijo con la boca seca.

La azafata sonrió extrañada.

–¿Cómo? A Qurhah, por supuesto.

Catrin abrió la boca. La cerró y la abrió de nuevo.

–¡Pero me esperan en Cornwall!

Su sonrisa se hizo más grande aún.

–No creo... –le dijo con amabilidad–. Este es uno de los jets de la casa real y usted es la invitada del propio sultán. Está volando a Simdahab, la capital de Qurhah.

Catrin quería levantarse y decirle que se negaba, que no iba a ir a ninguna parte y menos aún a Qurhah para ver a un hombre que no podía tener. Un hombre que estaba intentando olvidar y que, al parecer, había decidido que podía secuestrarla de esa manera para salirse con la suya.

Quería irse, pero no podía pedirle un paracaídas a la azafata y tirarse del avión en pleno vuelo. Sobre todo cuando le temblaban las rodillas y se sentía tan débil que no creía que fuera capaz siquiera de ponerse de pie.

Frustrada, se acomodó de nuevo en el amplio sillón, negando con la cabeza cuando la azafata le ofreció una limonada. Pero era un vuelo largo y no podía seguir rechazando la bebida y comida que le ofrecieran.

No dejó de mirar por la ventana durante la mayor parte del tiempo, aunque era de noche y apenas podía distinguir nada. Pero, de vez en cuando, el parpadeo de las luces de avión iluminaba brevemente la arena del desierto del que Murat le había hablado tantas veces.

Y cuando el avión comenzó su descenso, no pudo evitar que un escalofrío recorriera su espalda. No le gustaba nada reaccionar así porque sabía perfectamente lo que le pasaba.

Estaba a punto de pisar la tierra donde había nacido, la tierra que había hecho de Murat el guerrero de ojos fríos que había conseguido romperle el corazón.

Seguía sin entender por qué había querido llevarla a su país. Para colmo de males, lo había hecho en contra de su voluntad y sin saberlo hasta que había sido demasiado tarde para poder decidir por sí misma si quería ir o no.

Suponía que podía negarse a abandonar su asiento, aferrándose con fuerza a él mientras les exigía que la trasladaran de regreso a Gales. Pero sabía que no podía comportarse de esa manera y mantener un mínimo grado de dignidad y, en ese momento de su vida, le resultaba esencial mantener su dignidad intacta.

Y esa no era la única razón. Tenía que reconocer que sentía curiosidad por saber qué había llevado a Murat a hacer algo así. Le había prometido que iba a dejarla tranquila y le había quedado muy claro que no había respetado su deseo.

Un hombre que se presentó a sí mismo como Bakri subió al avión a saludarla. Le dijo que era el ayudante personal de Murat. Le resultó extraño verlo allí en persona. Había hablado en más de una ocasión con él cuando llamaba a Murat estando este en Londres, pero ella nunca había imaginado que un día iba a llegar a conocerlo.

Nunca había pensado que su mundo pudiera llegar a fundirse con el del sultán de esa manera.

Y aún seguía sin entender qué estaba pasando ni por qué lo había hecho Murat.

Bakri fue extremadamente educado con ella, pero contestó con evasivas todas sus preguntas. Repetía una y otra vez la misma respuesta.

—El sultán le dirá todo lo que desea saber.

Sintiéndose un poco ridícula con sus pantalones vaqueros y una camiseta, Catrin bajó la escalerilla del avión hasta tocar por primera vez el suelo de Qurhah. Miró entonces hacia el cielo. Nunca había visto tantas estrellas.

También le sorprendió la temperatura ambiental, era como estar en medio de un horno.

Se preguntó dónde estaría Murat. No entendía por

qué no estaba él esperándola al final de la escalerilla. Pero de repente, oyó un trueno lejano y se sobresaltó. El sonido se transformó gradualmente en el inconfundible sonido de unos cascos de caballo que se acercaban.

Levantó la cabeza para ver a un enorme caballo negro galopando hacia ella y el corazón le dio un vuelco.

El tipo a lomos del animal podría haber sido cualquier otro hombre, con una larga túnica y un pañuelo en la cabeza, pero supo enseguida que no era un hombre cualquiera. Habría reconocido ese poderoso cuerpo en cualquier lugar, incluso antes de que el jinete se acercara lo suficiente como para reconocer su rostro.

–Murat –susurró casi sin aliento–. ¿Qué es esto? ¿Qué está pasando?

Pero él no respondió, se limitó a inclinarse, agarrarla y levantarla en el aire hasta que quedó sobre la silla de montar, delante de Murat. Había conseguido sorprenderla tanto la aparente facilidad con la que lo había hecho, que se le olvidó protestar. Se apoyó en él mientras este sujetaba con fuerza su cintura. Sintió que clavaba los muslos en los flancos del caballo y salieron de allí al galope.

La situación era muy surrealista, como si fuera todo un sueño.

Fueron dejando atrás los edificios del aeropuerto y las carreteras de asfalto. Antes de que pudiera darse cuenta de lo que pasaba, estaban sobre la arena y el caballo entró en el desierto con un relincho de alegría.

El corazón de Catrin latía a mil por hora. No sabía si era por miedo o desconcierto o quizás por la pura emoción que sentía al verse de nuevo presionada contra el musculoso cuerpo de Murat, que seguía sujetando su cintura con fuerza.

No había señales, pero Murat miraba de vez en cuando las estrellas como si esas luces celestes que nunca cambiaban le ofrecieran las claves que necesitaba para saber si iba en la dirección oportuna.

No habría podido decir durante cuánto tiempo estuvieron galopando, solo tenía claro que estaba siendo el viaje más emocionante de su vida. Algún tiempo después, vio una especie de vivienda con un gran dosel que había aparecido en la distancia y se dio cuenta de que Murat se dirigía hacia ella. Unos minutos más tarde, detuvo al caballo frente a lo que parecía una gran tienda de campaña.

Pero mientras Murat bajaba del caballo y levantaba los brazos hacia ella para ayudarla a bajar, vio que no se parecía a ninguna tienda de campaña que hubiera visto en su vida.

Unas lámparas de hierro calado formaban un círculo brillante alrededor de la tienda, proyectando intrincadas sombras en la pesada tela. Un ayudante de Murat abrió las puertas de lienzo blanco hacia atrás para revelar un lujoso interior.

—Ven —le dijo Murat mientras miraba a su criado y le decía algo en su lengua natal.

Vio que el joven se alejaba de allí y se perdía en la oscuridad.

Todavía conmocionada, siguió a Murat hasta una habitación iluminada con faroles. Había allí un gran diván cubierto con telas doradas y rojas y un montón de cojines bordados. Sobre una mesa había una gran jarra de plata. Le llegó enseguida el olor del café. Vio también dos pequeñas tazas de plata a su lado. El aire estaba perfumado con sándalo y algo mucho más intenso y dulce, algo así como el aroma de los nardos.

Catrin se fijó de nuevo en el diván que estaba al otro

extremo de la tienda y, cuando se dio la vuelta de nuevo, se encontró los ojos de Murat concentrados en ella. La miraba de una manera...

No lo reconocía. Nunca lo había visto así, era casi como si hubiera salido de las páginas de un libro de aventuras o de viejas leyendas. Aunque no le gustaba reconocerlo, el corazón le dio un salto y no pudo evitar que se le fueran los ojos a su maravilloso cuerpo.

Era la primera vez que lo veía con la túnica que llevaba en el desierto y pensó que era muy injusto no haber tenido la oportunidad de prepararse para algo así.

Todo él emanaba poder y atractivo. El pálido dorado de la túnica que llevaba no hacía sino enfatizar el tono oscuro de su piel y, aunque era una prenda suelta, también resaltaba el musculoso cuerpo que escondía bajo la tela. Su cabello estaba cubierto por un tocado a juego, anudado con una banda de seda negra con intrincados bordados. Incluso ese detalle le resultaba excitante. Pensó en lo privilegiada que había sido ella en el pasado al poder ver el pelo del sultán. Había pasado los dedos por ese pelo e incluso lo había besado.

Se llevó horrorizada una mano a la garganta.

No podía creer que acabara de definir como un privilegio el hecho de haber podido ver su pelo. Se preguntó si alguien le habría puesto algún tipo de droga en la bebida mientras estaba a bordo del avión y ya no fuera capaz de pensar con claridad ni lógica.

Lo miró de nuevo. Pensaba que quizás la hubiera hecho llevar hasta allí para satisfacer su deseo, a lo mejor quería hacer el amor una vez más con su amante galesa antes de que tuviera que renunciar a ella permanentemente cuando por fin eligiera a su futura esposa.

–¿Por qué me has traído aquí, Murat? ¿Qué está pasando? –le preguntó ella.

La mirada de Murat era firme.

–Tenía que verte.

Catrin tragó saliva, recordándose a sí misma que no debía caer en la trampa. No podía permitirse el lujo de volver a hacerlo.

–Aunque de verdad quisieras verme –repuso ella tratando de controlar los latidos de su corazón y calmarse–, ¿no podrías haber usado los canales de comunicación normales? ¿No se te pasó por la cabeza la idea de enviarme un correo electrónico o llamarme?

–¿Me habrías contestado? –le preguntó él–. ¿Habrías estado dispuesta a venir si te lo hubiera pedido? Si te hubiera dicho que la necesidad que tenía de verte era tan ineludible para mí como el respirar, ¿me habrías escuchado?

Estaba claro que Murat sabía cómo hablarle. Sus palabras tenían una naturaleza profundamente poética y no podía evitar que se le acelerara aún más el corazón al escucharlas. Y tenía que reconocer que sonaba sincero. Pero Catrin se mantuvo en sus trece y trató de no expresar lo que sentía. El instinto le decía que debía protegerse bajo una armadura de acero.

–No me gusta que me metan en un avión y me lleven al otro lado del mundo –le espetó ella–. Y todo para satisfacer un capricho estúpido de los tuyos. ¿Cómo demonios te las arreglaste para conseguir que mi jefe cooperara?

–Se lo pedí.

–O lo sobornaste...

–No tuve la necesidad de recurrir a tanto. Aunque reconozco que lo habría hecho si hubiera sido necesario –le dijo Murat con una sonrisa que consiguió derretirla por dentro–. De hecho, parece que la historia de amor que le conté le encantó. Tu jefe es todo un romántico.

–¡Pero no hay ninguna historia de amor! –protestó ella yendo al otro lado de la tienda.

Su cercanía le impedía respirar con normalidad y decidió que era mejor poner un poco de distancia entre los dos.

–La única historia de amor que va a haber aquí comenzará cuando encuentres por fin a esa afortunada princesa con la que te casarás algún día.

Por un momento, Murat no dijo nada, se limitó a dejar que su mirada la recorriera muy lentamente, casi como si nunca la hubiera visto antes.

–¡Dios mío, Cat! –le susurró–. Eres magnífica...

–No, Murat, tú eres el que se supone que es magnífico, no yo. Y...

Sus fuerzas comenzaban a flaquearle. De repente, se sintió muy sola y asustada. Le asustaba todo lo que ese hombre le hacía sentir y le aterraba darse cuenta de todo el daño que podía hacerle aún.

Y no podía permitirse el lujo de permitir que le volviera a romper el corazón.

Se recordó que era fuerte, no era una mujer débil. No quería llorar pero, muy a su pesar, sentía que se le estaban llenando de lágrimas los ojos.

–Me parece un truco muy sucio por tu parte traerme hasta aquí, en el medio de la nada, donde estoy completamente a tu merced.

Murat no dijo nada, se limitó a ir hacia ella y tomar su mano. Llevó los dedos a su boca y los dejó allí. Cuando habló, pudo sentir el calor de su aliento contra la piel. Y ella no hizo nada, no se apartó. No pudo hacerlo. Se limitó a quedarse de pie donde estaba y dejar que la tocara.

–¿Y crees que también es un truco muy sucio pedirte que seas mi prometida, Cat? –le preguntó Murat–.

Quiero que seas mi sultana y me ayudes a gobernar el pueblo de Qurhah hasta que la muerte nos separe.

Catrin apartó la mano y volvió a alejarse de él.

—¿Acaso disfrutas atormentándome así? —respondió ella—. Los dos sabemos que no puedo ser tu prometida.

—En realidad, sí puedes —le anunció Murat acercándose de nuevo a ella—. *Habibti*, mi amor. Sí puedes. No se me ocurriría pedirte algo tan importante como esto si no fuera posible.

Su sombra se cernía sobre ella y se miró en esos ojos oscuros como la noche, en busca de alguna señal que le indicara que no estaba hablando en serio. Porque no podía arriesgarse a creerlo, no podía permitir que todas sus esperanzas se elevaran hacia el cielo para después caer de nuevo.

—¿Cómo es posible? —le preguntó cruzando los brazos sobre el pecho—. ¿Cómo?

—Hablé con Gabe Steel, mi cuñado. Es uno de los pocos hombres en los que de verdad puedo confiar. Él conocía mi dilema. Ya le había contado que te amaba, pero que mis manos estaban atadas. Porque no podía, como sultán, incumplir de manera tan flagrante la ley de mi propia nación. Le hablé de las cosas que me comentaste, cuestiones sobre las que hasta ese momento me había negado a pensar. Las cosas han cambiado y tenía una razón para reflexionar seriamente sobre esos cambios. Como me hiciste ver, los países modernos necesitan avanzar con los tiempos. Y Gabe estuvo de acuerdo. Me dijo que era arcaico y poco realista esperar que una ley que había sido escrita hacía siglos tuviera que ser aplicada a un sultán moderno en una era moderna como esta.

Catrin no podía creer lo que le estaba diciendo, pero siguió escuchándolo atentamente, tratando de calmar su acelerado corazón.

–Así que hablé con el procurador general y le encargué una reforma de la Constitución –continuó explicándole Murat–. Ha sido un proceso que ha tardado bastante tiempo hasta que todo se hizo oficial. Ayer mismo firmé la reforma. Y por eso es por lo que organicé un plan para traerte hasta aquí, Cat. Quería decirte en persona que me he encargado de cambiar la ley para poder casarme contigo. Y también quería decirte algo más, aparte del hecho de que te quiero con locura –le dijo emocionado–. Quería que supieras que, gracias a ti, hoy soy mejor hombre de lo que creía posible y quiero seguir avanzando por ese camino. Me has hecho sentir cosas de verdad, cariño. Cosas que a veces me han asustado y otras veces me han llenado de una alegría que no sabía que pudiera existir. Por encima de todo, has hecho que me sienta vivo.

Tenía el corazón en un puño y apenas podía respirar. Y mucho menos, hablar. Pero se dio cuenta de que no necesitaba hacerlo, Murat aún no había terminado.

–¿Quieres que te diga cómo es mi vida sin ti? –le preguntó–. Es una existencia fría y sin luz, es como si alguien se hubiera llevado el sol. Cuando he estado sin ti, he sentido que me faltaba una parte de mí mismo, la mejor parte. Estoy completamente vacío sin ti, Cat, y no puedo imaginarme un futuro en el que no estés presente. Por eso te pido que me perdones por haberte hecho tanto daño en el pasado con mi comportamiento, que no siempre ha sido el mejor, y quiero pedirte que seas mi esposa y me permitas pasar el resto de mi vida amándote como te mereces ser amada.

Catrin sintió que su corazón se encendía en llamas como si alguien le hubiera prendido fuego. Pensó en la amabilidad que había mostrado hacia su madre y la delicadeza con la que la había tratado cuando había estado enferma. Vio la mirada de amor en sus ojos y tuvo que reconocer que le habría resultado muy fácil capitular en ese momento, caer ansiosamente en sus brazos y decirle que ella también quería casarse con él. Pero...

–No puedo –le dijo ella.

Vio que se quedaba inmóvil y fruncía el ceño. Había algo de incredulidad en sus ojos mientras la miraba y reconoció al instante esa vieja arrogancia que había sido tan habitual en él.

–¿Qué quieres decir con que no puedes? Tú me quieres, ¿verdad, Cat? Aunque me digas que no, tus ojos no pueden ocultar lo que sientes por mí.

–Sí, Murat. Te amo –le confesó ella–. Pero no puedo vivir la clase de vida que me estás ofreciendo.

–¿Quieres decir que no deseas vivir aquí? ¿Que no soportas la idea de ser la sultana y criar a nuestros hijos en un palacio en medio del desierto?

Cuando nombró a los niños, aunque en ese momento no fueran más que un deseo, un sueño, Catrin estuvo a punto de dar su brazo a torcer, pero sabía que tenía que ser fuerte.

–Lo que no puedo soportar es la idea de que tengas un harén –le dijo ella en voz baja–. Sé que es normal que hombres de tu posición tengan amantes, como me dijiste que había hecho tu propio padre, pero...

–¿Amantes? –repitió Murat con incredulidad–. ¿Crees que podría soportar siquiera la idea de tener a una mujer a mi lado que no fueras tú? ¿Es que no sabes hasta qué punto has capturado mi corazón, mi cuerpo y mi alma, amor mío? Estoy perdido sin ti.

–Murat...

–Te quiero, Catrin Thomas –le susurró entonces–. Ahora y para siempre. Solo a ti. Quiero que seas mi esposa y no descansaré hasta que me des tu consentimiento.

Sus palabras consiguieron derrotarla por completo. No podía seguir peleando contra el deseo de su corazón, no cuando ella lo amaba y necesitaba tanto como el respirar.

–¡Oh, Murat! –exclamó con emoción–. Mi querido Murat.

No pudo contener por más tiempo las lágrimas mientras iba hacia sus brazos. Pero Murat le limpió las lágrimas con besos hasta que dejó de llorar.

Después de un largo rato, su sultán apagó todas las velas y las lámparas. La llevó hasta el diván y allí, en medio de esa cálida noche en el desierto, unieron de nuevo sus cuerpos y sus almas, jurando amarse y respetarse hasta el fin de sus días.

Epílogo

ESTÁS lista?

–Tanto como podría llegar a estarlo –repuso Catrin mirando a Murat a los ojos mientras este apretaba cariñosamente su mano.

–¿Tienes miedo? –le preguntó él.

Ella rodeó su cuello con los brazos, teniendo mucho cuidado para no arrugar la exquisita seda de su traje.

–¿Contigo a mi lado? No, claro que no. Pero sí estoy un poco nerviosa. Aunque supongo que eso es perfectamente normal.

Murat le pasó el pulgar por el borde de su mandíbula.

–Bueno, ya has pasado por mucho –comentó Murat–. Ha sido un año lleno de acontecimientos.

Se quedaba corto en la explicación.

Su compromiso había causado un gran revuelo en la prensa internacional.

Todos habían hablado de cómo una humilde joven de los valles galeses se iba a casar con uno de los miembros de la realeza más ricos del mundo. Habían sido noticia en las revistas del corazón durante mucho tiempo y también en la prensa más seria.

Se había comentado mucho el hecho de que Murat estuviera abriendo Qurhah al mundo moderno, al haber admitido que las leyes antiguas podían y debían ser cambiadas.

A Catrin le parecía que estaban explotando demasiado la idea de que su historia de amor era como la de una especie de Cenicienta moderna. Sobre todo cuando, tal y como Rachel le había dicho en más de una ocasión, la sultana solo tenía una hermana, no dos hermanastras, y no era tan fea como las del cuento.

También habían tenido que enfrentarse a los escándalos. Un periodista muy curioso había encontrado una vieja foto de su madre en estado de ebriedad y bailando sobre la mesa en un bar.

Pero Murat le había asegurado que ese tipo de noticias no le preocupaba en absoluto, que lo importante era que su madre se había recuperado, llevaba ya algún tiempo sobria y creía que quizás esa fotografía sirviera para recordarle lo mucho mejor que era su vida después de pasar por el centro de desintoxicación.

Por otro lado, Murat había conseguido sorprender a su pueblo al anunciar que pensaba cambiar muchas de las antiguas leyes de su tierra después de revaluarlas. Todo con el fin de modernizar el país y mejorar la calidad de vida y los derechos de sus ciudadanos.

Y después del compromiso oficial, había llegado la gran boda, que se había celebrado en Qurhah.

Se habían casado en el hermoso palacio real de Simdahab y al enlace habían asistido jeques y sultanes, primeros ministros y reyes, además de diversos personajes influyentes de todo el mundo. E incluso unos cuantos representantes del mundo del espectáculo y de Hollywood. Y también habían estado allí Rachel y varias personas que habían sido compañeros y amigos de Catrin en los hoteles en los que había estado empleada, incluyendo al propio Stephen Le Saux. Le había oído presumir durante el banquete, diciéndole a todo el que quisiera oírlo que él había jugado un papel muy importante para que Murat y Catrin acabaran juntos.

Dos de los mejores amigos de Murat habían estado allí. Alekto Sarantos y Niccolo Da Conti eran dos de los invitados más atractivos de la boda. El piloto de carreras Luis Martínez se había visto obligado a declinar la invitación y había todo tipo de rumores acerca de por qué no había asistido.

Y la madre de la novia había resplandecido. Estaba tan recuperada que parecía veinte años más joven y no había dejado de reírse con el tío de Murat, que la había acompañado durante el banquete y el baile posterior.

Tanto Rachel como Catrin estaban felices con la manera en la que se había recuperado Ursula Thomas. Había regresado de la clínica de Arizona con una imagen que reflejaba su salud y lo feliz que estaba con la nueva oportunidad que tenía. Incluso había comenzado a prepararse para convertirse ella misma en asesora y ayudar a otras personas en su situación. Ya había empezado a hablar de la posibilidad de abrir su propia clínica en las hermosas montañas de Gales, algo que lograría hacer con la ayuda de su nuevo yerno.

También estuvieron en la boda la hermana de Murat, Leila, y su marido, Gabe, que había sido clave a la hora de reunir a todas las personas necesarias para cambiar la constitución de Qurhah. Como él les había dicho, lo había hecho también por su propio interés, ya que su propio hijo había nacido allí.

Y Catrin se había enamorado de su sobrino fespress nada más conocerlo. Aún le costaba creer que de verdad fuera su sobrino. Su familia parecía haberse multiplicado de la noche a la mañana.

Un par de días antes de la boda, había estado abrazando a Hafez y había levantado la vista para encontrarse a Murat observándola con una dulce sonrisa en la cara. Ella también le había sonreído. En ese momento, le había parecido que su vida no podía ser más perfecta.

Incluso la princesa Sara había asistido al enlace, acompañada por su marido Suleiman.

Al principio le había parecido incómodo verla allí. Después de todo, era la princesa con la que Murat había estado prometido para casarse, aunque al final cancelaran la boda.

Pero, después de conocerla, la había visto tan enamorada de su marido, el magnate del petróleo Suleiman, que su alegría le había resultado contagiosa y Catrin había olvidado sus dudas. Además, estaba muy segura de lo que Murat le había dicho, se había dado cuenta de que para él no había otra mujer, solo ella.

Y ese día iba a tener por fin su primer compromiso oficial como nueva sultana, aunque ya llevaban casados algo más de un año.

Pero Catrin había preferido utilizar todo ese tiempo para preparar bien su nuevo papel, no había querido asumir ninguna tarea ni cometido hasta saber que podía hacerlo bien. No quería decepcionar a la gente de Qurhah, deseaba ser la mejor sultana que pudieran tener.

Había aprendido a amar ese país y había estudiado la historia y la cultura de su nueva patria. También había trabajado mucho para aprender el idioma, aunque aún no lo dominaba.

Ese día iba a inaugurar un nuevo edificio en el hospital infantil que iba a llevar su nombre. Era el mismo sitio donde Murat se había operado de apendicitis. Después de tomar el té y charlar con algunos de los jóvenes pacientes, los dos habían salido de viaje para pasar unos días en su palacio de verano.

A Catrin le encantaba ese sitio. Era allí donde de

verdad podían ser ellos mismos, donde casi tenían la libertad de una pareja normal.

Murat había aprovechado una estancia en ese palacio para enseñarle a montar. Después de eso, aprovechaban cualquier oportunidad que tenían para salir a galopar con algunos de sus bellos caballos por las llanuras del desierto.

El paisaje era magnífico, también duro y siempre sorprendente. Catrin había descubierto que había pocos sitios en el mundo que pudieran superar la belleza de las puestas de sol sobre las famosas dunas de Mekathasinian.

Y ella además tenía la suerte de poder contemplar esos atardeceres en la mejor compañía, la del amor de su vida.

Se acercó a él con una sonrisa y le dio un tierno beso en los labios.

Cada vez comprendía mejor por qué lo conocían como Murat el Magnífico.

Bianca

No iba a rendirse sin pelear y la pelea prometía ser explosiva

El multimillonario italiano Emiliano Cannavaro sabía que todo el mundo tenía un precio, especialmente Lauren Westwood, hermana de la taimada esposa de su hermano y la única mujer que casi había conseguido engañarlo con su rostro inocente. Cuando la tragedia se llevó la vida de su hermano y su cuñada, Emiliano decidió conseguir la custodia de su sobrino, que en ese momento vivía al cuidado de Lauren.

Pero la honesta Lauren no era la buscavidas que él creía y no iba a dejarse comprar. Y cuando Emiliano Cannavaro le dio un ultimátum: ir con él a su casa del Caribe con el niño o litigar en los tribunales, decidió enfrentarse con él cara a cara.

El precio de la rendición

Elizabeth Power

Acepte 2 de nuestras mejores novelas de amor GRATIS

¡Y reciba un regalo sorpresa!

Oferta especial de tiempo limitado

Rellene el cupón y envíelo a
Harlequin Reader Service®
3010 Walden Ave.
P.O. Box 1867
Buffalo, N.Y. 14240-1867

¡Si! Por favor, envíenme 2 novelas de amor de Harlequin (1 Bianca® y 1 Deseo®) gratis, más el regalo sorpresa. Luego remítanme 4 novelas nuevas todos los meses, las cuales recibiré mucho antes de que aparezcan en librerías, y factúrenme al bajo precio de $3,24 cada una, más $0,25 por envío e impuesto de ventas, si corresponde*. Este es el precio total, y es un ahorro de casi el 20% sobre el precio de portada. ¡Una oferta excelente! Entiendo que el hecho de aceptar estos libros y el regalo no me obliga en forma alguna a la compra de libros adicionales. Y también que puedo devolver cualquier envío y cancelar en cualquier momento. Aún si decido no comprar ningún otro libro de Harlequin, los 2 libros gratis y el regalo sorpresa son míos para siempre.

416 LBN DU7N

Nombre y apellido	(Por favor, letra de molde)

Dirección	Apartamento No.

Ciudad	Estado	Zona postal

Esta oferta se limita a un pedido por hogar y no está disponible para los subscriptores actuales de Deseo® y Bianca®.
*Los términos y precios quedan sujetos a cambios sin aviso previo.
Impuestos de ventas aplican en N.Y.

SPN-03

©2003 Harlequin Enterprises Limited

Deseo

UN TRATO MUY VENTAJOSO

SARA ORWIG

El multimillonario Marek Rangel podía comprarlo todo. Todo tenía un precio, incluso el hijo de su difunto hermano. Estaba dispuesto a cualquier cosa con tal de tener al niño en la familia, aunque tuviera que casarse con la madre del pequeño, Camille Avanole, una desconocida para él.

Camille era una prometedora cantante de ópera que valoraba su independencia por encima de todo, pero si aceptaba la propuesta del atractivo ranchero su hijo tendría seguridad y una oportunidad para conocer sus orígenes texanos. Mientras no se enamorara de Marek…

¿Se casaba con él solo por el bien de su hijo?

Bianca

Ella jamás podría ser la esposa de un hombre de su riqueza y su clase social...

Maddie Conway llevaba mucho tiempo enamorada del magnate griego Giannis Petrakos. Además de dedicar mucho tiempo y dinero a la organización benéfica donde tan bien habían cuidado de la hermana gemela de Maddie, Giannis era increíblemente guapo. Por eso decidió que era la fuerza del destino la que la había llevado a trabajar a las industrias Petrakos.

Giannis no pudo evitar acostarse con Maddie a pesar de que le parecía algo ingenua. Después, le propuso que continuara siendo su amante... Fue entonces cuando Maddie descubrió que Giannis reservaba el papel de esposa para una mujer que encajara mejor con su posición social...

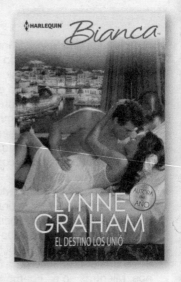

El destino los unió

Lynne Graham